北条泰時

頼朝の理想を実現した男

大湊文夫

郁朋社

北条泰時／目次

装丁／宮田麻希

北条泰時

一　出生

寿永二年（一一八三年）、北条泰時はこの年に生まれた。それに関しての記録はほとんどなく、出生日はわからない。

この年は、治承四年（一一八〇年）に起こった源頼朝による平氏討滅への旗上げから何年も経ておらず、まさに乱世真っ盛りの頃であった。

また、のちに争うことになる後鳥羽上皇が三歳で天皇に即位した年にあたる。したがって、泰時と後鳥羽とは、ほぼ同世代となる。

泰時の家系については、まず祖父に北条時政がいて、歴史上曲者《くせもの》として紹介されることが多い。伊豆半島の付け根あたり、今でいえば、修善寺と三島の間にあたる地域に荘園を持っていた。泰時が生まれる二十四年前、平治の乱で敗死した源義朝の子である源頼朝の監視役として平氏から配せられた。

時政には子が大勢いたが、その中で女子の長子が有名な北条政子である。泰時にとっては伯母であると共に、政子は頼朝の妻となるので、頼朝にとって泰時は伯父・甥の関係となる。

泰時の親は誰かということに触れていく。父は北条時政の二男、のちの北条義時だが、泰時が生まれた時二十歳という若さであった。

泰時が生まれる三年前、時政が将来を期待していた長男の北条宗時は石橋山の戦いで亡くなった。二男だった泰時の父、義時は、その時点で家督を継ぐ可能性のある立場となったのだが、姓は北条ではなく、分家ともいえる江間のままであった。北条義時ではなく、江間義時の長男として生を受けたのちの北条泰時は、出生については謎が多く、既存の史書では、誕生日はおろか、その母ですらわかっていない。

ある系図では、官女『阿波局』を母としている。しかし、該当するその名は北条時政の娘がいるのみであり、政子や、父の義時の実の妹で、泰時には叔母にあたる人物なのである。母であるはずがない。ただ、政子、義時の妹にあたる阿波局が母のように泰時を養育したのではないかという推察は現実性がある。

だが、依然として泰時の実母はわからないままである。そのことを追究しても、史料、資料が皆無の中、意味あることではないにしても、『想像』を許される範囲であろう。

☆

☆

泰時が出生する六年前のことである。

伊豆にある北条氏の荘園近く、蛭《ひる》ヶ《が》小島《こじま》に配流されていた源頼朝だが、定まる恋人ができた。二十五、六歳の頃であったろう。

伊東祐親という、北条時政と同役のものであり、その三番目の娘で名は『八重』といった。知り合った翌年に八重は男の子を産み、頼朝はその子に千鶴と名前をつけた。

伊東祐親はその頃大番役（※京都の警備）を仰せつかり、三年間領地に不在であったが役を終え、帰郷してから事態が発覚した。

祐親は驚き、そして激怒した。平氏の下で働く身でありながら、娘が、流刑人であり平氏の敵である源氏の御曹子の子を産んだということは、祐親自身の立場が危うくなるからである。すぐさま幼い千鶴は近くを流れている狩野川の渕に投げられ、その命を終えた。祖父によって殺害されたのだ。そして、頼朝をも殺そうとしたが、頼朝は何とか無事逃げることができた。

それからの八重のことだが、祐親は同役である北条時政に相談した。江間小四郎という若者に嫁がせることにしたのだが、この人物が誰なのかというのが問題だ。ここでは敢えて、北条時政の二男であるのちの北条義時とする。この説は研究者の方々から異議が出るであろう。

しかし、そう仮定することによって、のちのち、頼朝と義時の、非常に緊密な関係の謎が説明可能となっていくのである。

その時の若い二人の年齢だが、八重が十代末で十七～十九歳ぐらいであり、小四郎（のちの義時）はそれより若く、まだ十三～十四歳であったろう。

この年齢の考え方だが、治承四年（一一八〇年）が源頼朝の挙兵だから、その前に頼朝が政子と知り合い、長女（第一子）の大姫が生まれていることを思えば、せいぜい挙兵の四年前（一一七六年）ぐらいのできごとであり、義時の生まれが長寛元年（一一六三年）なので、数えで十四歳といったところか。

源頼朝は久安三年（一一四七年）生まれで、政子と知り合ったのが三十二歳の頃。その時政子は二十一歳であった。それでも、当時の女性としては晩婚だった。同様に八重を考えると、頼朝と恋仲になったのは、伊東祐親が京都で三年間の大番役を務めていた時期で、その間に子を産んだ。それは西暦でいえば一一七六年〜一一七七年頃となる。

頼朝の年齢と女性に対する好みを考えると八重は政子と同じくらい、あるいは少し若いということだ。

この異常事態の中で、本人たちの意思とは関係なく、親から押しつけられた若い男女の関係については、現代的感覚でいえば同情以外の言葉が見つからない。

八重は当初、義時に慣れず、心を閉ざすが、治承四年（一一八〇年）に起きた石橋山の戦い以後、徐々に打ち解けるようになっていった。義時と八重の蜜月といっていいだろう。義時十九歳、八重二十二歳である。

やがて八重は身ごもった。これが、のちの北条泰時になる『命』の誕生である。寿永二年（一一八三年）、幼名は金剛と命名された。しかし、八重は金剛を産んだあと、まもなく亡くなった。

この時点で、頼朝は初めて八重のことを知った。行方不明と思っていた八重……。我が子を殺され、心身ともに苦渋を味わっていたであろう八重が、何と義時に愛され、子を産んだ。

（よかった、最後は幸福だったのだ）

と、頼朝は感涙した。とともに、義時を見る目が俄然変わっていった。

二　金剛

建久三年（一一九二年）は、源頼朝がそれまでの騒乱の時期を脱し、征夷大将軍となった年である。平氏を滅ぼし、気になる大勢力の奥州藤原氏をも、弟の義経との諍《いさか》いを利用して葬り去った。さらに、宿命の政敵である後白河上皇の崩御があり、ここに、晴れて天下に武士の棟梁として名乗りを挙げた年であった。

鎌倉の街並みは頼朝の勢いとともに、日々刻々と家屋敷の建築が増え、道路も拡張工事が大規模に行われていた。鶴岡八幡宮の増築。それに、頼朝の嫡男である源頼家誕生を祝して造られた、都大路のような広さの直線道路である若宮大路。その道を境として両脇に主な御家人たちの屋敷が建ち始めていた。

その御家人の筆頭ともいうべき北条時政の居宅は、頼朝の屋敷並びに政務の中心地の幕府がある大倉に近い場所、八幡宮から南東の方角にあり、北条のライバルである三浦氏の屋敷とも近いところに建っていた。

北条時政の屋敷から鶴岡八幡宮方面へ向かうと、北西の山地沿い「雪ノ下」と呼ばれる地域の一角に北条義時の居宅がある。義時は前述もしたが北条時政の二男だ。「石橋山の戦い（治承四年、一一八〇年）」で長男の宗時が戦死したため、今のところは北条の後継ぎとなっている。今のところと記したのは、この時代、長子相続の決まりも習慣もまだ根付いてはいなかったからである。したがって、父の時政がそれを明言したことはなかった。むしろ、後妻の産んだ男子に継がせたい節《ふし》も感じられていた。

父に軽んじられていた感のある義時だったが、主君の源頼朝にはずいぶん気に入られていた。何事においてもそばに置き、どこへ行くにも共に行動する。その理由の一つは八重とのことがあったろう。前述もしたが、数奇な出会いと悲劇的な結末があり、頼朝にとっては、のちの八重に起こった義時とのことが何にも増して感激的であった。つらい少年期と青年期を過ごし、人間に対して裏切りと不信の念ばかりが増幅していた心には、まさに衝撃的なできごとだった。義時を信じる元はそれであるだろう。

それを承知した上でのことだが、頼朝が義時と接しているうちに、頼朝自身が義時に対して思考上の類似性を感じてきたことも大きい。

義時にとっては、もっと早く、頼朝に対して考え方の親近感を持っていたと思われる。容易に感情を表に出さない性格、それでいて、いつも物事に対して感激はするが、裏付けを調べる性格……。

義時は、この頃、父時政の周到さと怜悧な実行力には感心していたが、それだけのことであり、物足りなさを感じていた。一方、頼朝に対しては、父にはない洗練された所作と遠くを見据えている目に、常人には及ばない何かがあると思い、畏怖を感じていた。その畏怖の理由が何なのかを知りたいという思いが頼朝に付き従っている要因であった。

頼朝にとっては、義時をそばに置くことにより、北条時政への担保を取っているとする考えもあったが、政治的には、おそらく将来を見据えて、自らの子、源頼家の良き補佐にするべく育てたかったのではないか。

当時、まだ三十歳になるかならないかという若さの北条義時だったが、二十歳の頃にできた男子『金剛』がいる。十歳ほどに成長しており、平時は太郎と呼ばれていた。

☆

ある日のことである。

雪ノ下の北条義時の屋敷から金剛が出てきた。付人も従えず一人で、若宮大路の方角へ歩き始めた。

季節は初夏を迎え、木々の梢の緑も色が濃くなりつつあった。金剛は、途中、十字路で立ち止まると、胸いっぱい深呼吸をして屈託のない笑顔を作った。

いったん若宮大路まで出て、海岸方面にある商いの通りに入った。鮮魚を並べる店、野菜、飴、ざる、壺、馬たちまで売り物になっている。金剛は活気のあるこの通りが好きだった。

いつも立ち寄る鹿肉を売る店先に立つと、中から主人と思われる男が出てきて、

「若様、今日も見物ですか？」

と、声をかけた。

「はい」

金剛は一言返事をしただけだが、主人は笑みを浮かべながら、奥から一匹の犬を連れてきた。気の

強そうな白い中型犬だった。吠えもせず媚びも見せず、主人に引かれて金剛の前に出てきたが、金剛も犬も、ただお互いに見つめ合っているだけであった。

その様子をしばらく見ていた店の主人は、金剛に話しかけるともなく呟《つぶや》いた。

「不思議ですなあ、こいつはよその者を見ると、吠えはしないのですが警戒します。ところがどうです。若様がいらっしゃると、うれしそうですな」

この犬は猟犬として飼われている。鹿や猪を追う凄まじい闘争心を持った犬であり、主人以外の人間には馴れない。それなのに、なぜこの若様には……と、不思議に思うのであった。

☆

そうやって、店の前で金剛と犬がふれあっていた時だ。狭い通りを騎馬姿の武者が通りかかった。馬は、走ってはいないが速足である。馬上の武者は左腕で手綱を掴み、荷が気になるのか、右腕は後方にまわしていた。そのせいで右に上体は折れ、前方への注意力も右側に集中していた。

馬上の武者の位置からは金剛と犬は目に入らなかったようだ。速足で目の前を通り過ぎる馬……。この場面が、やがて馬上の武者の運命を変えてしまう。

多賀重行。馬上姿で金剛と犬の脇を通った御家人の名である。数日後、大倉にある幕府役所に呼ばれた。

「おぬし、まずいことをしたな」

と、同輩にも言われたが、何のことかわからない。

「一昨日、商いの通りを馬で通ったな」

「さよう、それが何か……？」

「何か気がつかなかったか？」

「はて……」

「北条の御曹子がいらっしゃったろう。それを馬上のまま通り過ぎた……。見ていた者から知らせがあってのう」

「いや、そのようなことはありません。そういう場はなかった。誓ってもいい」

「鎌倉殿がえらい怒ってのう。『北条家の金剛は、汝ら傍輩（※ふつうの御家人）とは身分が違う。若年といって侮り、礼を欠くとは何事ぞ！』とな」

しかし、多賀重行は、

「そんなことはありません。私はそんな覚えはない。何なら、その御曹子にお聞きください。私はお会いしてもいないのですから……」

と、答えたが、実は相手の少年、金剛も同様のことを言っていた。

「そのような欠礼はありません」

☆

その後、頼朝の返事として、以下の内容の通達が多賀の元に届いた。

「糾明すればわかるものを、うそを申して罪を逃れようとしておる。その根性が気に食わぬ」

結局、多賀重行は咎《とが》めを受け、所領没収となった。また、金剛には、

「幼少に似ず多賀をかばうとは心のゆかしさよ」

と、誉めて、愛用の剣を与えたのだ。

☆

このことが、頼朝が北条泰時（※ここでは金剛）をひいき目にした最初である。貧乏くじを引いた多賀重行は、細心の注意を払わなかったせいもあろうが、こんなことで財産を奪われたのだからたまらない。

当時の頼朝は日の出の勢いの時期であったから、この『小さな事件』は大きな波紋にはならなかったが、当事者の一人である少年金剛にはどう映ったのであろうか。

この、事件ともいえぬようなできごとが、金剛の慈悲深い性格を表すものとして『吾妻鏡』に記載されている。しかし、果たして、そう簡単に資料の一つのできごとから性格が表されると受け止めてよいものなのかとも思う。

御家人の多賀重行は役人の詰問に対して、迷いなく堂々と答えている。そして、金剛については、多賀と一緒の場で訊かれたのか別個に尋ねられたのかわからないが、

「それはない」

との返答だった。

これを慈愛とみるか、それとも子どもの金剛にとってはどうでもよいこと、あるいは、大人とすれ違っただけのできごとなので、対峙したわけではないということかもしれない。

頼朝による、金剛への偏愛ともいえる言動は、金剛の元服の儀式の場面においてもあからさまであった。

元服は、子どもから大人に、人としての扱いが変わる儀式で、通常十二歳で行われた。鎌倉時代では、烏帽子着用と帯剣を認めるのが儀式の主な内容だ。

この儀式で、頼朝は金剛の烏帽子親となった。頼朝は北条政子の夫であり、父の義時は政子の弟だ。つまり頼朝は金剛にとっては義理の伯父にあたるので、烏帽子親になるのは珍しくはない。しかし、元服後の名に自分の一字を与え『頼時』と名乗らせたのは不自然であろう。やはり『出生』の章のできごとがあったからではないだろうか。

頼朝の嫡男には親の一字を取り『頼家』と銘し、二男にもやはり一字を与え『実朝』とした。『頼時』の銘はそれと同格だ。金剛は頼朝にとって義理の甥とはいえ、成長しても家格としては御家人であり、将軍家の源氏と北条氏は主従の関係である。もっとも、将来頼家の補佐としての期待が大きかったのかもしれない。

☆

以後、『頼時』の名が、いつから『泰時』となったのかはわからない。それは、頼朝の死後、北条氏と二代将軍である頼家との関係悪化の中からかもしれないし、将軍家と部下である執権という関係なので、けじめとして改名したのかもしれない。

泰時の『泰』という字は、文字どおり泰平という意味であろうから、やがて現実としてやってくる北条泰時の『築いた時代』そのものを象徴していると感じるのは筆者一人ではないだろう。

そうすると、この字にしたのは誰の力なのか。父の北条義時、あるいは伯母であり、頼朝の未亡人『政子』の可能性が大きく、次の世を背負っていく泰時の仕事が何かを一字に託したと考えるのが理想的な考えだが、どうだろうか。

☆

北条泰時についての伝承や説話の中には、理想像を描いた可能性が強い部分もある。つまり、ある程度の虚像があると想像するのが自然だ。なぜそうなったのかと言えば、泰時の人柄と、成しとげた事績から、

「こうあってほしい」

という、当時の御家人たちの願いが凝縮したからであろうと考えられる。

また、泰時が源頼朝に、子どもの頃可愛がられていたとすれば、それは能力のせいばかりではなく、出生のことや、泰時がどこか都人（貴族）の雰囲気を持っていたからではないか。頼朝自身が京の出身であり、東夷の武骨者たちの中にいることに本能的にジレンマを感じていたに違いないからだ。

三　時房

金剛は元服を経て頼時という名を名乗るようになった。これは前述したように、源頼朝から賜ったものだ。この名が、いつ『泰時』に変わったのかははっきりしない。いずれ物語が進んでいく中で、そのことに触れることがあるかもしれないが、ここでは、現在広く通じている名の『泰時』で話を続けていく。通称は、北条義時の長男であることを表す『太郎』であった。

その北条太郎泰時が青年期にあたる十代末期から二十代前半にあった頃のエピソードから入っていく。頼朝は没していて、頼家の時代の頃のことである。

☆

この時期、彼の人生で後半に発揮される能力の芽が時折表れてくる。生来温和で情愛深い性質を持っていたので、武士のたしなみである『弓矢の訓練』ばかりでなく、京風の和歌を始め、史書、誌書等にも興味を持ち、それまでのような武骨一辺倒の『もののふ』ではなかった。

その性質と興味に対して、父の義時は期待と共に不安も感じていた。いずれ将来、鎌倉の武家政権の中枢に立つであろう息子に、荒くれの武士を治める資質があるのか、父の自分と違って、大らかで純粋すぎる人柄は、強い意志と、いざという時の決断力に劣るのではないか、つまり、人柄が優しすぎると思っていた。

その思いを、齢の離れた弟の五郎時連《ときつら》（※のちの『時房』）に相談してみた。

☆

五郎について紹介しておく。

北条時政には男子が三人いた（後妻との間にもう一人いたが）。長男が三郎宗時（※長男が三郎というのは奇異である。幼くして亡くなった兄たちがいたのかもしれない）といい、時政は大いに将来を期待していた。人柄、力量ともに秀でていたようであるが、源氏旗上げの『石橋山の戦い』で討死してしまった。

二男が泰時の父である四郎義時だが、親の時政から見ると、どうも北条を継がせるのは不安だったようだ。行動が奇矯で言葉が少なく、何を考えているのかわからないところがあった。そのため、早いうちから『江間』に養子に出し、本家とは一定の距離をおいて過ごさせた。

ところが、長男の宗時が亡くなったので、気は進まなかったが、時政は義時に自分の補佐をさせるようにした。しかし、このことは本家の後継ぎという意味ではなかったのだが……、これは、のちにふれる。

では、三番目の男子はというと、本稿で述べたい人物で、のちに三代目執権となる北条泰時とともに『連署《れんしょ》（※執権と同役）』となり、生涯に渡って泰時を助けることになる理想のアドバイザー、北条時房（※当初の名は時連）であった。

五郎と呼ばれた時房は、兄の義時とは十三も齢が離れている。当時としたら、大げさに言えば親子ほどの差があった。そのため時政は、長男の宗時が死んだ頃まだ五歳ほどだった五郎には何の期待をかけることもなかった。

五郎はそのような境遇で生まれ、政子を始め、何人もいる姉たちにも可愛がられ、甘やかされて育った。言葉を変えれば、自由奔放な性格ができたのである。

兄の義時が無口でいかつい体つき。さらにとっつきにくい顔立ちだったのに比べて、五郎は京生まれかと見紛《みまが》うほど上品な顔をしており、人なつっこく誰とでも接することができた。それがなおさら姉たちだけでなく、屋敷内の女たちからもてはやされていくことになった。

しかし、それだけだったら、単なるわがままな女好きの男になるだけだったろうが、五郎は男たちからも愛された。ここが大事なところだ。

五郎は、義時の長男泰時とは八歳違いの兄貴分であり、幼少時からつき合いはあった。

☆

義時が、この齢の離れた弟の五郎に長男の泰時のことで相談する場面に戻る。

「五郎、どうだ。見込みがあるか？」

問われた五郎は、少しとまどいの表情をしながら兄の問いの真意を探っていた。

「……どうかなあ、俺とは違うからな」

義時は、弟五郎の優れた洞察力を買っている。もしかしたら、五郎の素質を見抜いていたのは義時だけだったかもしれない。

五郎は、姉たちや父の時政の前ではいつも陽気で、歯の浮いたような軽口を言う。そして、兄姉たちに小遣いを無心しては巷に出ていき、よからぬ遊びもしていたようだ。

だが、兄の義時だけは知っていた。

（五郎は、自分が備えていない『情報を得る能力』がある。そのためにあのような素振りを見せているのだ）……と。

だから、父や姉たちが『遊び人五郎』と、最近では半ばあきれていても、義時だけは、五郎の欲するままに小遣いを与え、野放しにさせておいた。

義時が訊く。

「ほう、どう違う」

「正直だ。……いい性格だな」

五郎は、兄の問いかけの答えとしては的外れのようなことを言ったと思ったが、義時はうなずいて納得した。

「なるほどな、やはり向いていないかな」

『政治《まつりごと》をするには』という含みが、その発言にはある。

五郎は、兄義時の目を見つめて言った。

「いや、時期が来れば向くようになるかもしれない」

「時期とは？」

「さあ、よくはわからない。だが、あいつの無欲さは他の誰にも真似できん。それを必要とする時……のことだ」

☆

太郎泰時が数えで十八歳の頃のことである。

父の義時が太郎にある問いを投げかけた。傍らに五郎が座している。

「太郎、この件をどうするのか、おまえの考えを言ってみろ」

この件とは、京都に在勤中の御家人、中原親能の郎等（部下）で、吉田親清という者が、前若狭守藤原保季《やすすえ》を殺して鎌倉まで逃げてきたことを言っている。

原因は痴情沙汰だ。殺された保季が吉田の妻を犯したために逆上した吉田が保季を斬殺したのである。保季は、藤原という氏《うじ》が示すとおり公家の身分だ。

保季の父、藤原定長は吉田の処罰を訴えてきた。

太郎はまだ若い。経験もない。

「吉田が立腹するのは無理もないこととは思います」

義時は、太郎のその答えに不服であった。

「ほう、それでは殺された藤原保季が悪いということで、吉田を守るか？」

太郎は煮え切らない返答をする。

「しかし、殺すほどのことかといえば、そうではないようでもあります。吉田の妻にも責任があるのではないかとも思えます」

義時は、太郎の心をすべて読み取った。

「では、どう始末をつける。吉田は助けを求めて鎌倉に逃れてきているのだぞ」

太郎は答えに窮している。何か言おうとした時、義時は傍らに座している五郎に言った。

「おまえに頼むぞ、この件は」

五郎は、兄の、厳しい表情ではあるが、目が和んでいるのを読み取っていた。教育せよと言っているのだ。

「相、わかりました」

☆

ところ変わって、露店が建ち並ぶ市《いち》の街路。その中で酒を扱っている軒に入った。まだ昼間だ。

五郎は慣れた様子で辺りを見渡し、空いている隙間に座った。太郎にも座れと目で合図している。

酒を注文し、太郎にも注いだが、どうも杯が進みそうもない。

「叔父貴、なぜこのようなところに……。私は先ほどの答えをいただけるのかと思っていたのですが……」

五郎は聞こえないかのように、太郎の言《げん》を封じて言った。

「太郎、いいか、よく見ていろよ。あそこにたむろしている四人組に喧嘩を売ってくるからな」

「エッ?!」

「人生がわかるさ。おまえの勉強になるだろう。市井に暮らす人間がどういう生きものか、おまえは知らんからな」

酒を一杯グイッと飲み干した五郎は、わざと隣の席の者の刀を蹴って倒した。

四人の者たちの服装は、異様に派手な模様のある身なりをしている。図柄に男根を背面に描いた服や生首が蛇に巻かれたようなものもある。帯は腰縄で袴はなく着流しだ。そして烏帽子も被らず、むき出しの頭の毛は伸び放題である。髭面で、目だけ何かを威嚇するかのように爛々と光っている。

☆

ここで、この者たちの素性について歴史的経緯を少し触れてみる。

『かぶく』は『傾く』から来た言葉で、文字どおり『かたむく』の意味を持つ。そこから、異端になりかけているという解釈ができた。

「勝手なふるまい」

「奇抜な身なりをする」

など、のちにいう『かぶき者』。そして『歌舞伎』もあてられるようになっていった。

鎌倉時代初期の頃は、そういう異装の者が存在はしていたが、後世ほど目立ってはいない。皆、戦乱が続く中で居場所を失った者たちであり、出身も定かではない。逃亡した農民であったり、御家人になれない下級武士であったりなどさまざまだ。したがって、生きるために、乱が起こりそうな場所におのずと集まってくる。無軌道な事件を起こす者も多かった。

☆

ここにいる四人が、どこから集まり、何をしようとしているかは不明だ。

無造作に脇に刀を立てかけ、周りを気にかけることなく大声で談笑しながら酒を飲んでいる。どうやら、店の主人も迷惑しているようだった。

そこへ、いきなりの五郎の挑発である。

「おい、何しやがる！　他人の刀を蹴り倒したからには覚悟があるだろうな」

一人が刀を抜こうとした。

その時、五郎は素早く相手の懐に入り、相手が持つ刀の柄の頭を押し込み、腕をねじ上げた。目にもとまらぬような瞬時の反射神経と腕力の強さは、ふだん太郎が見ている華奢で穏やかな五郎ではなかった。豹のような野性の生き物の目だ。

五郎は自分の刀を使わず、相手から取り上げた刀を、鞘《さや》をつけたままで挑んでいた。そして、急所ははずし、足の臑《すね》だけを目がけて打った。

つまり、これは命のやりとりではないというやり方である。お互いの力量が拮抗していればこんなことは成り立たないが、五郎は相手の表情や態度から、力の程度を読み切っていたのだろう。

☆

叩きのめしたあと、銭を投げて、

「治療代にしろ」

という五郎の表情は、いつの間にか柔らかな眼差しに戻っていた。

四人は、もう五郎に敵意を見せることなく、放り投げられた銭を拾っていた。その顔は、怯えながらも五郎の方を上目使いに見てありがたがっているような卑屈さがあった。

☆

二人は店を出ると、屋敷のある、雪ノ下方面に向かって歩いていった。

（帰るのかな……）

と思った太郎だったが、その思いを勘づいたのか、五郎がつぶやいた。

「もう一軒寄ってみるか。あっ、いや、さっきのようなところではない。安心しろ。ただ、面倒といえば面倒なのがいるのだが……」

太郎は、五郎の言う『面倒なのが』気になったが、

（まあいい。きっと変わったところなのだろう）

と、尋ねもせず、五郎の歩みに合わせてついていった。

☆

五郎が案内したのは孤児たちの暮らす家だった。そこは、今でいう児童養護施設である。

太郎は意表を衝かれたように、呆気にとられていた。

「驚いたか？　アッハッハッ」

五郎は、太郎の顔を見て、おどけたように笑った。

太郎は多少腹が立ってきた。

「叔父貴、次はここですか。私は先ほどの答えを、今度こそいただけると思ったのですが……」

五郎は太郎の方を振り返り、含み笑いしながら言った。

「太郎、答えはな、自分で見つけるものさ」

☆

ここに住む子どもたちは、打ち続く戦乱の中で親を失った孤児たちだ。放っておけば、どのように

成長していくかは目に見えている。

いずれ、悪くすれば無法の者となり、盗賊や乞食、流浪の民と化すだろう。あるいは、前向きな者は、どこぞの御家人の郎等として雇われる。最悪の場合は、当時多かったが、人買いに売られ、奴隷のように一生自由のない生活を送る……などが考えられる。

この施設は決して立派な建物ではなく、みすぼらしい小屋が数軒建っている状態と思えばよい。場所は通りから少し奥に入ったところであり、『雪ノ下』の西側の傾斜地が後ろにあった。

子供の人数は、今のところ十人ほどで、年齢は、上は七〜八歳、下は二〜三歳といったところだ。

ここの経費はどうなっているのかと、太郎は不思議に思った。五郎が負っているのだろうか。いや、それほどの甲斐性が年若い五郎にあるはずもない。しかし、五郎が太郎をここに案内した意図は何であろう。

「答えは自分で見つけろ」

と言っていたが、太郎には『殿上人（公家）殺害事件』と、どう結びついているのか、わからなかった。

☆

一つの小屋に入った。五人ほどの少年たちが藁《わら》を編んでいた。こちらを一斉に見ている。不安と怯えの目が太郎に向けられている。

ここで五郎が、一人の子の頭を撫でながら太郎に話しかけた。

「この子たちの親はいない。引き取って、ここで暮らせるようにしたのは誰だと思う？」

太郎は答えに窮した。

五郎が続ける。

「尼御台だと言ったら?」

「えっ……」

太郎は、予想外の展開に驚き、見かけによらぬ五郎の器の大きさに、しだいに感化されていく自分の心があった。

日頃、遊び人と評判の五郎が、孤児たちの面倒をみていることに太郎は驚いた。そして、兄や姉たちに金を無心していたのはこういうことかと、改めて感心もした。

尼御台の呼び名は、この時点ですでに源頼朝が病没(一一九九年)し、妻の政子が剃髪したためにそう呼ばれていたのである。

太郎の無垢さに危うさを感じた父の義時が、弟の五郎に頼んだのは、人間としての視野を広げることだ。五郎は年齢は若いが、正も邪も嗅ぎ分けて、さまざまな種類の人間とふれあっている。兄の義時から頼まれた五郎は大それたことは考えていないし、義時も五郎に期待したのは高度な政治判断が必要な類いではなかった。

太郎の素質を伸ばすため、世の中の底辺を経験させようと思ったのである。

☆

ここでいう五郎、つまり北条時房という男は、家系上不思議といえばそうである。武骨で策略家がそろっている中で、時房一人だけが、あでやかな彩りをかもし出す雰囲気を持っていた。目鼻立ち、立居振舞いが優雅なのである。

ただ、彼の資質は、そういう外見上から推し測れるものだけではなかった。北条氏の伝統といってもよいかもしれないが、策略家の要素は、のちの活動を見れば十分にある。しかし、表面に出ているのはさわやかさなのである。

政治面での能力を見ると、のちに詳述することになるが、承久の乱が起きる直前、京へ行き、後鳥羽上皇と互角以上の交渉をするなど、外交家としても一流の資質を示す。

また、やがて、承久の乱後の、いわゆる『六波羅探題』設立時を始めとして、『執権』業務において、常に泰時と同等の地位を泰時本人から請われるなど、その器量には抜群の大きさがあった。

もし、時房が北条本家の庶子でなく、後継ぎとなっていれば、もっと歴史上輝く舞台で活躍したであろうことは十分考えられる。それほどの人物であったし、そういう人に北条泰時が出会えたことに、泰時の運の良さを感じざるを得ない。

☆

この章の最後になるが、『殿上人殺人事件』の結果は、『吉田』が死罪となって終わりを告げた。

「戦士である武士ともあろう者が、戦《いくさ》を知らない公家を殺したとて名誉にもならない。その上、白昼に人を殺して世を騒がせた罪は軽いとは言えない。ただちに京の検非違使に身柄を渡し、死罪に処するのが妥当」

という理由である。

『吾妻鏡』では、この裁決が太郎泰時の意見としているが、果たしてそのとおりだろうか。

四　諫言

鎌倉幕府二代目の将軍である源頼家は、父の頼朝が不慮の落馬事件が元になり、五十三歳で亡くなったあと、十九歳という若さであとを継いだ。

頼家については、『吾妻鏡』によると、未熟さが目立ち、乱暴な人柄として描かれ、当時多かった土地問題の訴訟でも、権威を盾に、大ざっぱで無責任なやり方をしたという。

こんなことでは、せっかく築いてきた関東御家人間《かん》の結束力が崩壊してしまうと危惧した有力御家人たち、主に北条氏が中心だったが、この若い将軍の力を骨抜きにするため、評定の決定権を十三名の有力御家人が持つ合議制とした。

それらのことが理由だったであろう。頼家は荒れていく。無理もない。そして、飾りびな同然となった将軍は、お気に入りの若い脇侍たちを引き連れて、享楽の生活に浸っていく。

☆

ところで、頼家お気に入りの脇侍、つまり側近の者たちのことだが、『吾妻鏡』では五人いたとされている。しかし、名が記されているのは四人のみである。その四人を挙げてみると、小笠原弥太郎長経、比企三郎宗員、比企弥史郎時員、中野五郎能成である。さて、記されていないもう一人は、いったい誰なのか。

実は、北条五郎時房（※当時の名は『時連』）だったという説（※「吾妻鏡の謎」奥富敬之）が有力だ。ならば、なぜ記録には伏せられたのか。そこに頼家をめぐる北条氏の暗躍があったのではないか、記録には残せない事情が……である。

こういう状況の中で、おそらく暗躍とは無縁の若者、北条太郎泰時が頼家と衝突寸前になった事件が起こるのである。

☆

頼家に関する『吾妻鏡』の記述は前述もしたが、将軍らしからぬ我儘《わがまま》と暴虐の様子を記してあるのみであり、それは故意にそうしたのではないかという形跡が濃厚なのである。同じ意図と思われる記述は、次に将軍になる源実朝に関しても同様である。

考えられることは、『吾妻鏡』が北条氏を正当とするために残された書物なので、源氏三代を誹謗せざるを得なかったということだ。そうしなければ、のちの執権政治の正当性を御家人たちに承知させることが難しかったのである。

ただ、それらを差し引いても、頼家の所行には無茶なところがあったことは確かだ。だが、そこに、側近の五人の誰かが意図的に頼家にそうさせた、あるいは、頼家の代わりにやったと思われる証もある。のちに述べる。

☆

建仁元年（一二〇一年）の秋のこと、鎌倉は台風の影響で家屋がなぎ倒されるなどの、多大な被害を受けた。さらに、源氏のゆかりの神社である鶴岡八幡宮までが損壊してしまう。

この非常事態の中で、将軍である源頼家はそれらを顧みることなく、蹴鞠にふけっていた。京都から、名手の紀行景《ゆきかげ》という者までわざわざ招いてのことである。

これは、側近たちが、市中の状況を頼家に知らせなかったか、嘘の情報を伝えていたとも考えられるが、それにしても、このことは頼家自身の怠慢と思われてもやむを得まい。

その頼家とは対照的に、すぐ行動した若者がいた。十九歳になろうとしていた太郎泰時である。まだ政治力もなく、何をどうするという具体的な考えはないのだが、思いやりの深い性格である。市中の様子を見なければと思ったのである。

鶴岡八幡宮本殿の屋根が一部崩れかかっている。その有様を見てから、太郎は、若宮大路を海に向かって歩いていった。道が少し下り気味になり、水平線が見えてきた。台風が過ぎ去ったあとの空は、雲一つない青が広がっている。その色を照らした海は、遠くから見る限り穏やかで、青のすきまに波の色が日に反射してキラキラ輝いていた。昨日の台風で牙をむいたように襲いかかってきた海がうそのようであった。

海がだいぶ近くに見えるようになった頃、一面に、崩壊した家屋だろうか、瓦礫が散乱しているのが目に入った。特に、太郎が歩いている若宮大路から左側の方が被害が大きそうなことに気がついた。そこは商業地だ。正面に、のちに『材木座』と呼ばれる海浜があり、遠く左の方角には逗子方面と境をなす岬が見えている。

商いの家屋が並んでいる通りに出た。辺りでは、壊れた家々の中でたくましく商売を始めているところもある。

「商人はすごい、民はたくましい。今こそ彼らに復興の援助をしなければ……、鎌倉政権の屋台骨が成り立たぬ！」

太郎はこの状況を見てから、急ぎ五郎時房の元へ走った。

「叔父貴！　将軍の側にいらっしゃるのですから伺いたい。鎌倉市中の災害はひどいです。なぜ動かんのですか、将軍は！」

興奮した太郎を見て五郎は少し驚いた。日頃温和で、雄叫びを挙げがちな武士の若者たちが多い中で、いつも節度のある、いわば現代でいえば紳士的な太郎が、珍しく声を荒げている。

「動かないというのなら直訴します。どうですか？」

奔馬をなだめるように五郎は言った。

「まあ待て。俺の話をまず聞け。おまえの気持ちはわかる。だがな、無鉄砲はよせ、おまえらしくもない」

しかし、太郎は聴かない。

「たとえ、救済がうまくいかなくてもいい。将軍が動いたということがどれほど民の力になるか。しかし、この最中に蹴鞠に夢中とは。やがて政権がどうなるか……不勉強の私にもよくわかります。叔父貴もそうは思いませんか」

五郎は、悲痛な決意の太郎を見ると、しばらくしてから喋り出した。

「太郎、めずらしいな。おまえがこのように激しいことを言うとは。だがな、直訴が何になる？　今の頼家公には逆効果になるだけだ。おまえの考えはまだまだ甘い。世の中を知らぬ」

言われた太郎は、五郎の自分を見る目のしたたかさを思った。

将軍の頼家公は太郎泰時より二歳上だ。しかも、見方を変えれば、父北条義時の姉である北条政子の息子、つまり従兄だ。単なる身分の上下関係だけでなく、幼小の頃からの別の関係がある。

太郎は頼家が好きではなかった。太郎自身も頼家のように蹴鞠はよくやっていたし、京風の和歌や漢詩などの教養も、むしろ頼家以上に熱心な方であった。

本来なら気が合う仲になってよいはずだったが、どうもお互いに一定の距離感が心にあった。それが何なのかはわからなかったが、今になると鮮明にその違いがはっきり理解できた。それは、他者に接する時の心の違いだ。生まれながらに最高位の地位が約束されて育った者と、そうでない者の差であったろう。現代風にいうならば、『思いやり』があるかどうかであった。

太郎は、その『思いやり』の心が生来大きかったのかもしれない。今、若い彼は、激情にかられて立ち上がろうとしていた。

そこを、五歳年上で、しかも将軍頼家の側近の一人である五郎時房は危惧したのである。策士の素養がある五郎は、太郎に進言した。

「どうしてもというなら、それ相応の準備をしてからにしろ。なんの準備かって？　それはな、前もって『逃げる準備』だ。

恐れ多くも将軍に諫言するからには、悪くすれば死を賜《たまわ》るおそれもある。こんなことで命を終わらせるにはまだ惜しいぞ」

太郎は五郎の周到さに驚いた。と、ともに、そんな策は取りたくないという思いもあり、不満気な表情でいた。

それにはかまわず、五郎は続けた。

「いいか、おまえの領地がある伊豆へ行くのだ。あの地にも飢えた領民がたくさん出て、逃亡する者もいるらしい。そこを視察に行くという用向きを前もって届けておけ。それから……」

と言って、少し間をおいた。

「諫言はな、中野（※中野能成。側近の一人と前述もしたが、実は北条時政の命を受けた諜者）を通じてやれ。そして、中野から頼家公におまえの言葉が伝わる。もしかしたら、少し大げさに飾られるかもしれん。頼家公はそれを聞いてお怒りになるだろう。おまえを呼び出して、何をするかわからん。だからおまえは自ら鎌倉を去り、謹慎するという形で伊豆へ行くのだ。

おまえには、将軍に意見を述べることより、あそこの状況を見て、世の中というものを学ぶことの方が大事だ」

一気に太郎に告げる五郎。

事を見る眼は確かだ。太郎は、自分よりはるかに緻密で現実を知っている叔父に畏敬の念を抱き始めていた。

☆

翌日、案の定、頼家の怒りが太郎に向けられた。自分の力が封じられている頼家の心の鬱屈《うっくつ》感は、その元凶ともいえる北条家全体への恨みになりつつある。今ある現実が頼家にとってどうにもできず、飾りびなの立場を忘れたい一心なのである。

「この俺の気持ちも知らず、あの若造め、諫言だと？　だったらおまえの親父（※北条義時）や爺い（※北条時政）を通せ。生意気だ、呼び出せ！」

すぐに側近の一人が太郎の元に飛んで行き、助言した。

しかし、太郎は、あらかじめ五郎から指示されていたので、このことを予想していた。その者に返答をした。

「早く身を隠せと？　私は疚《やま》しいことはしておりません。当然のことをしたまでです。このことで将軍家のお咎めを受けるなら、やむを得ぬ。受けましょう。

だが、私は貴殿に言われるまでもなく、急用あって明朝、伊豆の北条の荘園に行くつもりで、すでに準備もしております。逃げるのではありません。そんなことにかまっている余裕はないということです。荘園の民の被害を調べて、早急に救うことの方が大事だから参るのです」

☆

秋、本来なら実りの季節であり、豊穣の歓びが満ちているはずなのだが、台風の被害で関東一帯は惨憺たる状況となっていた。

北条氏の故地である伊豆半島のつけ根にあたる修善寺、三島付近の領地も例外ではなかった。刈り入れ寸前の稲がなぎ倒され、水に浸されてしまい、収穫はできなくなっていた。

この時代、農民たちが平素食しているのは、米と麦の混合か、または麦と稗、粟などの雑穀を取り混ぜたものであった。

そして、農民たちから年貢米として吸い上げる米は武士も農民も食していたが、白米にしていたのは公家のみで、一般の人々は玄米のまま強飯《こわめし》として食べていた。

収穫期を迎えていたということは、それまでの在庫の食料がそろそろ底をついていたということである。農民はこの秋に収穫して領主に年貢を払い、残った米麦で次の年の準備と自らの食料を確保するのである。しかし、災害により、それが困難になっていた。

太郎が伊豆に行った時、まだ飢饉という状況にはなっていなかったのだが、農民たちの姿はほとんど見られなかった。家々でこもっているのか、どこかで集まり、相談しているのか、現地の地頭に話を聞いてみた。

「ひどいものでございます。百姓たちは食う物に窮しております」

そして、領主から種籾《たねもみ》として借りていた、いわゆる出挙《すいこ》米の返済の見込みも危うくなっている状況だった。放っておけば、じきに逃げ出す者が出るかもしれない。その相談を村ぐるみでしている可能性もあった。そこで、地頭に命じ、領民たちの代表を呼び集めた。

☆

太郎は一つの決心をしていた。おそらく父や祖父からは叱責を受けるだろうが、太郎の心根は他に対する思いやりが強かったのであろう。領民の代表たちの前で、出挙米の証文を焼いて捨ててみせたのである。そして、

「このとおりだ。出挙米を返す必要はない。来年、仮に豊作となってもそれは同じだ」

これを聞いた農民たちの喜びは言葉を失うほどだった。しかも、集まった村の代表たちに、用意してあった酒や米を持たせて、

「これを持って帰り、腹を満たすよう他の者たちにも伝えてくれ」

と、太郎はつけ加えた。

領民たちは、やがてこのことを告げられ、涙を流しながら北条館《やかた》の方角に向かって合掌した。

☆

ここに将来の北条泰時、現在の太郎だが、その姿勢の片鱗を見ることができる。まだ若く、政治の手法もよくわからない太郎だったが、自分の責任の範囲にある荘園における領民の扱いは、無意識かもしれないが、それまでの荘園領主との鮮明な違いである『徳』を領民たちは感じるのであった。

☆

この章の最後に、以下の事実だけ書くことにする。源頼家と北条泰時の、前述したような確執があった二年後、頼家は将軍の座を追われた。そして、次の年の七月、伊豆修善寺で殺されてしまう。二十三歳の生涯であった。

そのことは、次の章でもう少し詳しくふれることになるが、この時点で言えることは、泰時と頼家という各々の個性が、場面によって対照的に出てきてしまったことにある。そのことが、一方では人格を磨く人間賛歌の姿勢を構築していくきっかけとなっていくのだが、もう一方では悲劇を生み出すことになってしまった。

五　流転

日本史というのは、奇妙な言い方だが、長らく日本的ではなかった。飛鳥、奈良、平安の時期までは大陸からの、いわば借り物の歴史だったと言ったら乱暴だろうか。これらを経て、ようやく現代に通じる、足が地についた歴史となっていく。鎌倉という時代になって初めて現代の日本人の思考の元ができた。

それは、物を作る人たち、もっと単的にいえば、食物を生産する人たちが権力を握ったことによって成立した最初の政権だった。したがって、それまでの複雑な有職故実は排除され、できあがった組織は簡潔であり、だれが見ても無駄というものがないのが明らかだった。

のちに武士といわれる武装農民は、平安時代中期頃から、主に荒野だった関東に広がっていった。やがて自分の土地を開墾し、作物を育て、自らの土地を守るために自衛した。

さらに当時の権力者である公家に、不当に開拓地を奪われないために、名義だけ公家に貸して、実際上の利益は自分に転がるようにしていった。但し、公家に対する忍従の日々は延々と続いてはいた。

時が過ぎていくうちに少しずつ力が増していった彼らは、自分たちの土地、すなわち切り開いた荘園を守るために、中でも力と権威のありそうな輩を選び、親分としたのである。それが、片や『源氏』であり、もう一方が、『平氏』であった。

最初に抜きん出たのは源氏である。天皇家の加護を受け、十一世紀中頃には東北地方に起こった大乱（前九年の役、後三年の役）を鎮めた。そして、名将の誉れ高い源義家が現れて、在地にあった人々の尊敬を集め、勢いは盛んとなった。

ところが、十一世紀末から十二世紀にかけて、政治の権力が天皇から上皇へ、つまり、『院政』に変わっていったことにより、状況が変化していく。天皇という権力に組《くみ》した源氏が勢力を持っていた時代は過ぎていく。そして、それまで在野にあった平氏が院に用いられていくことにより、形勢が逆転したのである。

それは十二世紀前半、平清盛の父平忠盛や頼朝の父である源義朝の一つ前の世代あたりだった。それから、また数十年が過ぎ、公家政治が限界点に達したのが『保元の乱（一一五六年）』『平治の乱（一一五九年）』であった。

天下を取った最初の武士政権は平清盛による。しかし、いつの変革期でもそうだが、最初の政権は失敗することが多い。それは、経験不足によって組織が十分に機能しないか、変革を担った民の願いを叶えるものではなかったなど、つまり、何らかの欠陥を持っていたからだといえるのである。

平氏の政治は、武士でありながら、それまでの公家政権のやり方を踏襲したものだった。それは武士政権誕生の原動力となった在地地主たちである武士が願う政治ではなかった。

そのあとに天下を取ったのが源頼朝である。彼は、自分が関東の在地地主（※のちの御家人）たちから持ち上げられたことをよく承知しており、清盛の二の舞いをすることなく、鎌倉を離れなかった。

ただ頼朝自身は、武士の棟梁といっても、京で育ち、半分は貴族といってもよい環境で幼少期を過ごしている。その所以か、頼朝の女癖の悪さは貴族の持つ習慣と同じであった。夜這い（※通い婚）が普通であり、何人もの女性と交わるのを不道徳とは考えていなかったのではないか。それは、妻の北条政子にとっては耐えがたいことであった。農業生活を送る当時の武士の習慣では、働き手との信頼関係を保つ上でも一夫一婦制が普通だったが、そのせいでこの夫婦は、育ちの違い故に、頼朝が亡くなるまで食い違うことが多かった。

源頼朝の時代は鎌倉武士政権の草創期だったが、平氏の誤りを教訓とし、手さぐりで武士の時代を作っていった。頼朝のカリスマ性は確かに大きかったが、前述したように、頼朝の心の根底には、公家を否定していない気持ちがあった。したがって、公家に対しては妥協しながら治めていったのが頼朝の頃だった。

源氏将軍の時代も二代目の頼家の頃になると、その立場の脆さが露呈してくる。頼家には鎌倉の武士政権が御家人の利益を保つために成り立っていることを読み違えるところがあった。

☆

さて、当時から約十年間、泰時、時房が属する北条氏に何があったのかを簡単に綴っていくが、凄まじい権力闘争の年表を表してみるので想像してほしい。

建仁三年（一二〇三年）九月、頼家の後ろ盾である比企能員《よしかず》が北条時政に殺され、頼家の子の一幡《いちまん》も死ぬ。

同年同月、頼家がいるにもかかわらず（※病だったが）弟の実朝（※幼名は千幡《せんまん》）を将軍にする。

同時に、頼家を伊豆の修善寺に幽閉する。

元久元年（一二〇四年）七月、頼家は修善寺で殺される。『保暦間記《ほうりやくかんき》』によれば、入浴中に数人で抑え込まれて切られたのである。

元久二年（一二〇五年）六月、北条時政が、畠山重忠・重保父子を殺す。

ところが、同年の閏《うるう》七月、当の北条時政が出家引退。これは時政の後妻である牧の方による陰謀が暴露(※将軍家乗っ取り未遂)されたのだ。これを解決したのが、時政の子である北条政子と北条義時だ。政子は源頼朝の未亡人でもあり、頼家、実朝の母でもある。義時は泰時の父である。

同時に、執権職には義時が就いた。

建暦元年（一二一一年）五月、和田義盛の乱が起こる。義時の挑発に乗った和田義盛は死に、北条氏にとってのライバルがまた一つ消えた。

建保三年（一二一五年）一月、引退していた北条時政が、伊豆でひっそりと亡くなる。

建保六年（一二一八年）、北条泰時を侍所別当にする。

☆

羅列したが、この間の泰時、時房はどのように過ごしていたのだろうか。また、泰時の父である北条義時が、この時期も含めて、以後、日本史の表舞台に台頭してくる。

それをしばらく論じていくことにする。

この時期（一二〇三年〜一二一三年）は、義時が四十歳から五十歳に至る壮年期にあたり、子の泰時は二十歳から三十歳へと流れる青年後期の齢頃であった。

前述した一連の事件は、だれが企てたものなのかがよく論じられる。北条氏の陰謀と一言で片づけられない事情が一つ一つにある。結果を知ることができる現代にいる私たちから見れば、当時は混沌としていたことがいろいろわかり得る。ただ、義時の父である北条時政が主になって、次々と主要御家人を陥れたことは明らかである。問題は、義時がそれらにどう関わっていたのかということだ。

「一、出生」の項でも述べたが、ある事情によって頼朝と義時相互の信頼関係は、一面において親子以上であり、また、人間として資質も似たものが濃厚だったはずだ。

たとえば、源頼朝は政治家として偉大な功績を残しているが、武勇に関しては、一生を通じて最初の戦いである『石橋山の合戦』の時に多少見られただけである。これと酷似しているのが北条義時の経歴だ。有力な御家人でありながら武威で輝く記録はない。

その代わり、二人とも政治力を以《もつ》て表で活躍しているということは、本領発揮能力がよく似ていることを示している。それは二人にとってもよくわかっており、そのため、頼朝存命の間は、一部を除いてほとんどの時期、頼朝は手元に義時を置いていた。特別な信頼関係があったのだろう。

こういう事件があった。

寿永元年（一一八二年）十一月のこと。義時の父である北条時政は、頼朝に無断で鎌倉から故地の伊豆に帰ってしまった。原因は頼朝の女性関係をめぐる問題であった。

『亀の前』という女性を、妻の北条政子には内緒で、ある部下の家に囲わせていた。しかし、時政の妻（と言っても、後妻なので政子の母ではない。この人を『牧の方』と呼んでいたが、これがかなり陰謀好きの女性だった）の密告によってその事実が政子に知れるところとなった。すると、政子の激しい気性がすぐに表面化した。部下に命じて亀の前が住んでいる館を力づくで破壊してしまったのである。

頼朝は妻の政子には頭が上がらない。まして、当時頼朝の保護者のような存在の北条時政にはなおさらだ。怒りの矛先は破壊の実行者に向けられ、その者の髪を切ってしまう挙に出た。

これを聞いた時政は、

「誰のおかげで神輿に乗っていられるのか」

という怒りが、内心で沸々と沸いてきた。

「面白くない。少し思い知らせてやろう」

とも、考えた。

時政は、自分の手勢を引き連れて鎌倉を離れてしまう。これを知った頼朝は慌てた。自分の後ろ盾である時政を怒らせてしまった。

「まずい」

とすら思った。

そして、その時、ふと、義時はどうしただろうと考えた。

「そうだ、義時は一緒に動かないかもしれん」

そう思うやいなや確認してみると、やはり義時だけは鎌倉に残っていた。頼朝は大いに喜び、義時の手を取って褒め上げた。『吾妻鏡』には、

「汝、吾命を察し、彼の下向に相従はず、殊に感じ思しめす者也」

と、記されている。

この件での義時の行動判断は、すでに父の時政とは一線を画し、いたずらに流されず、自らの考えで独り歩く冷静さが出ている証《あかし》でもある。そして、頼朝への信頼感の深さもよく読み取れるのである。

☆

もう一つ、二人の信頼関係が読み取れるエピソードがある。

建久四年（一一九三年）十一月のこと。甲斐源氏武田一族の安田義資が幕府の女官に艶書（※恋文）を出したという罪で、頼朝の命令によって梟首《きょうしゅ》（さらし首）にされている。

ちなみに、北条義時も同様のことをしている。比企朝宗の娘で、幕府の女官だった『姫の前』にしきりに艶書を送っていた。建久三年（一一九二年）九月、安田の件があった前年のことだが、これを知った頼朝は、義時と姫の前を結婚させている。義時にとっては二度目の結婚だが、ともかく、安田の場合と比較すると全く反対の対応をしているのである。

一説（※永井路子「炎環」）によると、頼朝が、どうも姫の前に手を出していたか、あるいは、これからそうするのかの兆候を感じ取った義時が先手を打ったというのである。もう、亀の前の時のようになるのはゴメンということかもしれない。ちなみに、姫の前は絶世の美女だったらしい。

さて、前述した一連の事件で、特に義時の力関係が、時政に対して如実に出た件だけ簡単に記すことにする。それは北条時政の引退劇のことである。

『吾妻鏡』では、やむを得ずそうなったとの記述で終始するが、真相は、優劣つけ難い権力闘争の中で起こったことだったろう。時政の後妻の牧の方が、三代目将軍源実朝を殺害し、自らの親族の中で源氏の血を引いた平賀朝雅という者を、代わりに将軍に擁立しようとした事件であった。

この時は、実朝の母である北条政子が事前に察知して、弟の北条義時と協力し、事件を防いでいる。そして、牧の方に、いわば踊らされていたような時政を出家引退させた。

以上が『吾妻鏡』の記述だが、果たして真実かどうか。義時の以後の動きを見ると、どうも義時が仕組んだものと考えられなくもない。いや、むしろ、あまりに鮮やかに結着がつき過ぎている。義時側が初めから計画し、姉の政子を誘い、政敵を葬り去ったと考える方が自然である。

以後、着々と北条義時、政子の二人で、競争相手の御家人たちを倒していくのだが、本編の主人公、北条泰時はどういう過ごし方をしていたのだろうか。

☆

泰時は建仁二年（一二〇二年）、二十歳で三浦義村の娘と結婚し、翌年に長男の時氏《ときうじ》が誕生している。この結婚は泰時元服の折に頼朝が決めたことであり、政略結婚だった。しかし、どういう事情があったのだろうか、数年後に離婚しているのである。

そして、二十九歳の時に朝廷から『修理亮《しゅりのすけ》』という官位を得た。翌年、二男『時実《ときざね》』生まれるとあり、二番目の結婚相手は安保実員《あぼさねかず》の娘と『吾妻鏡』に出ている。

他に残っているのが、次に述べる『和田合戦』への参加である。二十代の泰時は、父や祖父の政策、陰謀などの権力闘争を見て、その中で人生勉強を重ねた時期だろう。そして、泰時自身は、父義時の、冷静で理詰めのやり方を学んでいた。しかし、父との資質の違いに悩みながら、時には自分自身が心の奥深くに根づかせている生来の思いやりを、どのようにぶつけていたか、想像させせられるのである。

試練の時だった。失敗も当然のことながら多々あったことだろう。

そして、泰時の叔父の時房、つまり義時の弟だが、この時期はまさしく義時の手足となり、とてつもなく勘のよい働きをしていた。その内容は多岐に渡り、時には密偵の役なども辞さず、義時の考えを読み取って動くことのできる、みごとな補佐役として成長していた。

六　和田合戦

和田義盛という人物についてふれる。六十七歳までみごとな『もののふ』として生きてきたが、今回の、いわゆる『和田合戦』の中、力尽きるまで戦い、死んでいく。

　和田氏は三浦氏の一族でもあり、勢いは強かった。特に義盛は性格が豪放磊落《らいらく》で、戦場において力を発揮するタイプだ。家来たちからの人気もあった。きっと裏表のない、気前の良い武将だったのだろう。また、単純なところがあり、それは時に他者には天衣無縫とも見えた。

　若い頃のことだが……、源頼朝旗上げの時だから治承四年（一一八〇年）のことだ。石橋山で頼朝・北条軍が敗れたあと、船で安房（※房総半島）に逃れた。現地で三浦一族と合流したのだが、そこに和田義盛もいて、彼らしい面白い発言をした。

「御曹子が天下を取ったら、わしを侍所別当にしてくださらんか」

　これを聞いてその場にいた者たちは、皆呆《あき》れるとともに、思わず笑ってしまった。

　頼朝は、命からがら逃げてきて明日をも知れぬ身だ。天下を取るどころではなかった。そういう状況での、和田義盛の唐突な発言は、皆の緊張をほぐす結果となった。追いつめられ、暗くなっていた頼朝の心をも解放させたのである。

やがて、のちに頼朝の政権である鎌倉幕府ができて組織を作った時、頼朝は、この時の和田義盛の発言を忘れていなかった。約束どおり、侍所別当に彼を任命している。最も苦しい時に義盛が頼朝に、どんなに尽力したのか、感謝の表れであった。

こういう和田義盛だったが、その人柄を年若い北条泰時は興味を持って見ていた。情が深く戦いに強い。

(自分にはない個性だ)

と、思った。

泰時は、いつも自分にないものを持っている人を見て学ぼうとしている。元々彼には、父の北条義時のような激しい闘争心はない。平和な世で、執権職の家に生まれなければ、のんびりと他人の世話でもしながら安穏な生涯を送ったことだろう。

だが、彼が生きていた動乱の時期はそれを許さなかった。人が他者を殺し、その屍の上に立って明日の自分の姿を占う……。そういう時代の中で、彼だけは違った見通しを少しずつ蓄積していた時期であった。泰時三十歳の頃である。

和田義盛の人間性は、以上述べたとおり非常に個性豊かで、強烈な印象を相手に与える。しかし、そのことが自身の命取りになることを今度の戦いで経験することになる。

☆

合戦になることは、和田義盛の対戦相手である執権北条義時、すなわち、幕府軍にとっては十分予測できていた。何しろ、義時を中心とする北条側の、執拗な挑発があったからだ。

当時、有力御家人として北条氏に対抗できる力を持っていたのは、和田義盛・三浦義村・小山朝政ぐらいしか残っていなかった。特に和田は『侍所別当』という、軍事権を握る筆頭の立場にいる。また、和田義盛個人の力量の面でも、諸々の御家人の間に隠然たる勢力を持つ最長老として君臨していたのである。

北条義時は、執権としての独裁権力を作るために、どうしても和田義盛を抑えたい。そのため機会をねらっていたのだが、絶好のきっかけができた。それが、建暦三年（一二一三年）二月に起こった『泉親衡陰謀事件』であった。前将軍源頼家の遺子の一人である『千手《せんじゅ》』を将軍にするため、執権北条義時を倒そうと計画したものだ。これが事前に発覚して、関係者が捕らえられた。その中に、和田義盛の子である義直・義重と甥の胤長《たねなが》がいた。

和田義盛は急ぎ鎌倉に出向き、子らの赦免を願い出たが、赦《ゆる》されたのは二人の子だけだった。胤長についてはかなわず、そればかりか、何と義盛の面前で、縄目をつけられた状態で遠く陸奥《むつ》まで連行されていった。この屈辱的処置が義盛を大いに刺激したが、この段階では思い留まった。

次の義時のやり方に、義盛も限界に達する。それは、甥の胤長の所領没収だ。この時代の慣習として、罪人が出ても所領は一族に与えられる。にもかかわらず、一度はそうなったが、十日と経たずに所領は北条義時所有となったのだ。

義時の執拗な挑発と前述したのは、簡単に言えば以上のことである。ここに至って、誇りも地位も無視された和田義盛の堪忍袋の緒はすっかり切れた。義盛はこの時、自分が兵を挙げれば、本家の三浦義村が必ず支援してくれると思ったが、それは義盛の甘いところである。義村は起たなかった。時の趨勢《すうせい》を素早く読み取り、大勢の方に就くのが義村だ。この、慎重で重厚さがあればこそ三浦氏は残る。北条氏もなかなか手が出せない存在なのは、この三浦義村がいるからであった。

建保元年（一二一三年）と改元した五月二日の午前中、和田邸に甲冑姿の武者が並び、軍装を整え始めた。そして、申の刻（※午後四時頃）に戦闘が始まった。和田軍は百五十の軍勢を三手に分け、御所（※幕府）と北条義時の屋敷を攻撃した。迎え撃つ幕府軍は後れをとった。たちまち戦場は広がり、大江広元邸、さらに鶴岡赤橋、横大路に至った。幕府側は、泰時・弟の朝時《ともとき》・時房らが出動したが、酉の刻（※午後六時頃）、ついに御所の全ての周りを和田軍が包囲した。

義盛子飼いの兵士たちは一騎当千の強者《つわもの》が多く、数は少なくても押し気味であった。中でも朝夷名《あさひな》三郎義秀という者の戦いぶりは凄まじい。先頭に立ち、彼に挑む幕府側の誰がかかっていっても勝つことができず、ほとんどが落命した。この中で運よく、傷を負っただけで助かった者に泰時の弟の北条朝時がいる。

朝夷名義秀が高井重茂という者と互角の戦いをして両人とも譲らず、ついに組み合って落馬した。高井は討たれたが、義秀が乗馬しようとした時、朝時が剣を立て、戦いを挑んだ。しかし、いくら朝時が向かっても戦士の格が違う。結果は朝時が足に傷を受けたぐらいで済んだのだが、それは義秀が重茂との戦いで疲れきっていたせいだった

さて、泰時のことだが、『吾妻鏡』には彼の指揮ぶりは細かくは出ていない。とにかく『がんばった』としか記されていない。彼の性格では小細工はできない。弓矢の技術は人並み以上のものを持ってい

たが、臨機応変が必要な戦場での指揮には向いていないことは、自分でもよくわかっていた。

実際の指揮は時房が引き受け、先頭には弟の朝時が出た。周りの兵士たちも心得ていて、率先して和田軍を迎え撃った。泰時の役割は、総大将として兵士たちの灯台に徹することだった。それは、味方から見て目立つところにいてくれればよかったのだ。

当時の戦い方は、武士同士で一騎打ちの形だ。戦国時代のような、足軽中心の集団戦法とは違う。一対一で戦って目立つ必要があった。特に総大将の目にとまってもらえれば最高のチャンスだ。恩賞をもらうためと名誉を得るためだ。したがって戦法というものは通常存在しない。勇者が前に出るという戦い方だった。

こういう状況の泰時だったから、積極的に押してくる和田軍に、最初は打開策を見つけられなかった。幕府軍は押され、兵士があちこちで退散していた。たまらず泰時は時房と相談し、援軍を頼むことにした。頼む先は、将軍実朝がいる法花堂であった。

「味方はしだいに大勢集まって保《も》ちこたえているのですが、敵の勢いは強く、侮れません。さらに増援をお願いしたい」

これを聞いた実朝は蒼くなり、すぐに、傍らにいる義時の方を見た。義時はすべて見通しというように、一言、

「御意」

と、頷いた。

明け方になり、和田軍の兵力がようやく底をついてきた。兵士の体力は限界に達してきて、続々と

増えてくる幕府軍に向ける矢もなくなった。そこで、義盛は疲れきった兵をまとめ、御所の周辺から若宮大路を海辺に向けて駆け、前浜まで退去した。

ここに至って勝敗は明らかになった。泰時は兵をまとめさせ、すぐには深追いをしなかった。下馬橋（※若宮大路にある橋）を固め、防衛線を築いた。このように、泰時の率いた幕府軍の戦い方は、寡占の力をたのむ伝統的なものであり、いわば、大軍を投じて正面からいく物量作戦だった。面白味はない。

五月三日の夕、酉の刻（※午後六時頃）になって、和田軍の主なメンバーが討たれ始めた。義盛は白刃をふるいながら戦って死んだ。息子の義重・義信らは捕らえられて殺された。憐れなのは、まだ十五歳の秀盛までもが殺されたことだ。こういう激戦の中、勇名を轟かせた朝夷名義秀は安房へ逃げ、他の何人かの武将もいずれかへ逐電した。

☆

戦いは終わった。

後日談を四つ紹介して、この章の終わりとしたい。その内容に泰時の、部下から慕われる理由の一端が表れている。

一つめ。戦いが終わってから兵士たちをねぎらうため、泰時の屋敷に招いて酒をふるまった。各々が手柄話に花を咲かせていたが、泰時はこういう話をした。

「私は酒を永く断とうと思った。その理由はこうだ。戦いの前の夜に酒を酌み交わす宴があった。ところが翌日の朝、義盛が決起すると聞き、無理に甲冑を着て騎馬したものの、二日酔いにより朦朧《もうろう》としていた有様だった。大いに反省して今後は酒を断つと誓った。

そういう状態で和田軍と戦っていたが、途中で喉の渇きを覚え、水を求めたところ、側にいた者が気を利かしたのだろう。酒を勧めてきた。それをどうしたと思う？　私はその時になって、それまでの決心はたちまち崩れてしまい、この酒を飲んでしまったのだ。人の心は、その時々で定まらない。よくないことだ。但し、今後はそれでも深酒はしないように気をつけていく」

泰時という人は、他人の欠点を指摘して直したい時は、自分を例にとって話すことが多かった。他者を戒める時、あからさまに傷つけることは極力避けた。物事を題材として提示して考えさせるのである。そして、最後は、そうなったのは無理もないと納得させる。

後年、泰時が名執権として謳われたのは、基本としては『道理』で判断したからと言われている。道理とは、前述したが、

「無理もないと納得する」

このように、人々に思わせる術《すべ》である。そう考えると、もうこの時期にそういう資質の片鱗が出てきたのかもしれない。

二つめ。将軍実朝は、合戦で負傷した者たちを召し集めて戦いぶりなどの報告をさせた。集まったのはおよそ百八十人、その中に、泰時の弟である北条朝時もいた。彼は朝夷名義秀との戦いで足など切られ、歩くのもままならなかった。しかし、他の者と同じように御所の庭を通って将軍の座する小御所の簾の中に入った。そして、実朝以下、周囲にいる者を『あっ』と言わせたのは、泰時が朝時を抱えながら連れてきたからであった。皆、これを見て感涙したという。

と、いうのは、朝時はこの時まだ十九歳。多感な年頃だ。母は父義時の正妻であり、自分こそ後継ぎであると幼い頃から思っており、腹違いの兄、泰時には反感を持っていた。そういう事情を皆がわかっていたから、泰時のこの行為に驚いたのである。

これが自然に出たのが、泰時の政治的作為なのかは本人しかわからないが、以後、朝時は心を改め、泰時に忠誠を誓ったというから、やはり泰時の『思いやりの心』から出たものであろう。

三つめ。戦いの際中に味方の矢が泰時の着ていた鎧に当たったことについての顛末だ。これについては、北条時房も関わっているので、彼の人間性も見てみよう。

由利維久《これひさ》という武者がいた。弓矢の道に秀でており、若宮大路で戦っていた。相手は和田の者たちであったが、彼の放つ矢は二、三名にみごとに命中した。相手は大いに怒り、側にいた者がその矢を抜き取り、逆に、敵方の幕府軍に放った。

そのうちの一本が、騎馬上の泰時に当たった。幸いけがはなく、鎧の草摺《くさずり》（※鎧の胴の下に垂れて大腿部を覆うもの）に当たっただけだった。しかし、これが大きな問題となった。当時、矢には持ち主の姓名を刻むのが習慣だった。その理由は、武者としての手柄を証明するために必要なことだった。

だが、この矢に刻まれた名が、今回の場合は仇《あだ》となった。由利維久が裏切って和田側について総大将を射ったと報告されたのである。将軍実朝は、当然激怒した。

「謀叛は明らかだ。ここに届いたその時の矢に『由利』の銘がある」

そして、由利維久に弁明の機会が与えられた。

「謀叛など、とんでもありません。幕府の味方として和田軍と戦い、敵の侵入を防いだことは時房殿が見ておられました。矢を敵に使われてしまったのは申し訳ないが、そのことも十分調べたのちにお咎めの有無を御裁可ください」

そこで時房が呼ばれたが、彼は由利の、疑いもない健闘ぶりを証言した。人間観察力の鋭い時房は実朝の気質を見抜いていた。

泰時と実朝の仲は、単なる部下と主人の関係以上である。特に実朝は、泰時の包容力を尊敬していた。その大事な泰時に矢を射た者は許さない。時房は、

（きっと激情にかられているのだろう。どちらも顔が立つようにしなければ……）

と、思った。

「由利維久は、若宮大路で、和田側の将である古郡《ふるごおり》保忠に対して何度も矢を放ちました。その時、乱戦の中だったので敵も矢をたくさん射ち返してきました。

私は思うのですが、その時に敵が由利の矢を射ち返してきたのでしょう」

結局、実朝の怒りは治まらなかったが、のち、時房から相談を受けた被害者である泰時が実朝に話をして、うやむやとなった。

四つめ。泰時はこの合戦の恩賞を断っているのだ。

「父の敵と戦っただけであり、個人的なものだ」

ということであった。この無欲と誠実さに皆感動したという。

長々とエピソードを綴ってきたが、この「和田合戦」と呼ばれる、和田義盛と、実質上北条義時との戦いで、泰時は初めてその働きというか、役割の片鱗が出てきたことになる。それは、今後の彼の

人生を占う意味で重要である。
以後、彼が歴史の表舞台に出てくるのは、あの『承久の乱』である。

七　治天の君

承久元年（一二一九年）は、三代将軍源実朝の暗殺で幕を開けた。一月二十七日、兄源頼家の遺子、公暁《くぎょう》に殺されたのである。実朝暗殺事件の背景については謎が多いといわれている。

あとから考えると、この事件は、事実上『承久の乱』と呼ばれる公武の戦いの序章と言ってもいい。承久の乱の主役の一人は京都で登場を待っている。のちの諡《おくりな》『後鳥羽』と云われる上皇である。上皇の位は正式には太上天皇といい、天皇の位を引退した位の名である。上皇はその略称で、後鳥羽は上皇になってから歴史の表舞台に登場してくるので、一般には『後鳥羽上皇』と呼ばれている。

彼は、祖父である後白河上皇の時代の考えから続いている政策、つまり、武家を王朝に同化させるための策を講じ続けてきた人である。

彼は『官打ち』ともいわれる策を取った。将軍実朝に、公家としての官位を次々に与えていくのである。初代将軍の頼朝は京都に距離を置き、官位を受けなかったが、実朝は院（※上皇のこと）の策に積極的に乗った。そこにはさまざまな理由があるのだが、詳細はのちに述べることにする。

実朝の死の直前までは、自分の策はうまく進んでいると思っていた。実朝が院に近づこうとしている節が多々見られ、院にとっては、このまま進めば平氏政権のように、王朝下での武家支配が成功すると思っていた。

ところが、その実朝が死んだ。しかも暗殺だ。操れる将軍が亡くなったことに、おそらく一番衝撃を受けたのは鎌倉の北条氏ではなく、京にいる院であったろう。計画を変更せざるを得なくなったからである。

さて、『承久の乱』の公家側の主役といえる後鳥羽上皇とは、いったいどういう人物だったのだろうか。

☆

院は治承四年（一一八〇年）に生まれた。ちなみに本編の主人公北条泰時は三歳年下である。また、この年は激動の時代の始まりともいえる。のちの彼の人生を暗示しているかのように、いろいろな事件が起こっているのだ。
・五月には、後白河上皇の子の一人である以仁王《もちひと》が源頼政とともに平氏打倒の兵を挙げたが敗北。
・六月には、平清盛が何を思ったか、福原（※今の神戸付近）に都を移した。（※十一月には京都に戻っている）
・八月、源頼朝が伊豆で挙兵。
・九月、木曽義仲が信濃で挙兵。
・十月、富士川の戦いで源氏軍が平氏軍を破る。
・十二月、平重衡の南都（※奈良）攻め。
そして、院が三歳の時のことだが、平氏擁立の天皇である『安徳』に代わり即位した。寿永二年

（一一八三年）八月、内乱の真中《さなか》である。四番目の子である彼がなぜ天皇に即位できたかのエピソードがある。

祖父の後白河上皇の子は高倉天皇（※のちに上皇）というが、歴史の表面には出てこない。その子たち……、後白河にとっては孫だが、幼い孫たちの誰を自分の後継者にするかの場面がある。

上皇は、候補者である三の宮（※惟明《これあきら》）と四の宮（※尊成…のちの後鳥羽）を招き、まず三の宮と対面したところ、三の宮が大層むずかったのですぐに帰した。一方、四の宮は上皇に呼ばれると、少しの遠慮もなく、すぐに上皇の膝の上に乗り、いかにも人なつっこい様子を呈した。上皇は、

「これこそ私の本当の孫だ」

と、言って涙を流した。そばにいた丹後局が、

「それでは、皇位はこの宮にお譲りになるのですね」

と、申したのに対し、

「言うまでもないことだ」

と、答えた。（※『平家物語』より）

王宮内での女官や公家たちの暗躍の末である。

☆

こうして、幼くして天皇になった後鳥羽だが、先の幼帝『安徳』が壇ノ浦で入水して亡くなった時、いわゆる三種の神器のうちの一つ『剣』を水没させて紛失してしまったのである。皇位につく儀式で最も大切な、帝王の印である神器が揃《そろ》わない。三種の神器とは『鏡・玉・剣』である。一般人から見

ればどういうことはないように思えるが、後鳥羽にとっては、終生そのことが負い目となった。劣等感が生まれ、それが歪《いびつ》な形で人格形成されていくことになる。

後鳥羽の元服は建久元年（一一九〇年）、数えで十一歳の時。平氏の滅亡、先帝安徳の入水から五年後のことである。その後、敬愛する祖父の後白河上皇が建久三年（一一九二年）に亡くなり、源通親という者が後鳥羽の後見役として君臨してくる。

しかし、そういう環境の中で、彼の帝王としての自覚はしだいに確固たるものとなっていく。十七歳の時、宮廷内でもめ事があった。権力争いで、九条兼実追放事件と云われるものだが、この時、権力者である源通親が決めたことに反対し、兼実を救ったことがある。その頃から、我《が》の強い帝王としての意識と力量の萌芽が出てくる。

建久九年（一一九八年）正月。十九歳になった後鳥羽は四歳の皇子に位を譲り、上皇となった。政敵の源頼朝が亡くなる前年であり、時代を担う『役者』が変わっていく。

ここから後鳥羽の本領が発揮されていくのである。

☆

『院』とこれから頻繁に書くが、後鳥羽上皇を一人の人間として見ると、スーパースターといえる多彩な資質があった。歴代の帝の中でも際立っている。体力・気力・文学の才・強気の姿勢・さらに刀剣まで自分で作るという、まさしく『武』の意気込みを漲《みなぎ》らせた院であった。これに対して、まともに立ち迎えられる資質を持つ者は、当時を見渡しても捜せないほどだ。

余談だが、現在の皇室が使う菊の御紋は、後鳥羽が自ら作製した刀剣に用いたことから始まった。

『承久記』には、院が水練・相撲・笠懸に励み、

「朝夕武芸ヲ事トシテ、昼夜ニ兵具ヲ整へ」

と、記されている。

武威を持つ帝王としての権威と力、これこそ院が目指した王権の中身だった。元来が気宇壮大な野心に満ち、おまけに多才さも兼ね備えているこの若き上皇は、思っていることを実現すべく、日々精力的に過ごしていた。

話は変わるが、北条泰時も、厳しい考えと策謀が得意な、父義時から訓戒を受けながら自分の役割を自覚していった。しかし、気質の違いということだろうか、二人の目指す方向は異なったものになる。

後鳥羽は幼い頃からの王である。王は命令を受けない。根っからの指示者である。それが彼の気質を生んだ元であり、今後の政策を立てる際にも、自身の誇り高さから出現するものがすべてであった。また、後鳥羽は『新古今和歌集』を主導した人でもあり、和歌の才能においても他を圧倒している。いくつも秀歌があるが、武士を従えなければ……という思いが表れているのが次の歌である。

『奥山のおどろが下もふみ分けて、道ある世ぞと人に知らせん』

『道ある世』は、武家という、院から見たら、例外の存在を是正することが暗に込められている。

片や、和歌が得意な武家の棟梁である三代将軍源実朝の歌も一首紹介するが、後鳥羽上皇に呼応す

るかのような内容だ。

『山はさけ、海はあせなむ世なりとも、君にふたごころあらめやも』

この歌には、院に調教された武家の棟梁の片鱗が見られる。

実朝は、武家の棟梁として、それまでの将軍と違い、院と一体の内にあった。彼の意識には京都の王朝との協調、あるいは、飛躍するかもしれないが、同居が濃厚にあった。その点では後鳥羽上皇の、実朝に対する『官打ち』が武家を王朝下に組み込むことに成功したかに見えた。しかし、実朝の死という、院が予想しなかった事態が発生した。方針の転換が必要になったのである。

実は、実朝が亡くなる前年（一二一八年）、彼に子がないことから、その後継ぎについて幕府側は京都に相談に来ていた。皇族将軍の候補者を紹介してもらうためだった。これには北条政子が代表として出席し、弟の北条時房も同行した。権謀術数を必要とするその時の旅に時房が加えられたのは大きな意味があり、また、同時に、彼の『その方面』の才能の芽を、兄の北条義時が見抜いていたことの証でもあろう。

政子が入京してのこの策は、案外すんなりと決まり、院の皇子の一人、冷泉宮頼仁親王を鎌倉に送るという約束をした。政子も安堵したが、これには院側の思惑があった。皇族を将軍とすることによって、公家の勢力を鎌倉に進出させられると期待してのことであった。

だが、実朝の死によって、この約束は院側によって反故《ほご》にされた。院側から見れば、これできっと幕府が動揺し始めて、やがて内部から自然崩壊するのではないかとの期待があった。

☆

院側は、そのことを確かめるために使いを鎌倉に派遣した。実朝葬儀の弔問という名目であったが、幕府の実質的代表である執権北条義時に、その使いは直接会って、ある別の話を持ち出してきた。

地頭の権限に関する問題であった。それは、後鳥羽上皇の寵愛を受けていた妾で、伊賀の局と呼ばれた元白拍子（※高級芸妓）の『亀菊』に与えた所領での問題だ。京都の公家側が任命した荘官と、鎌倉幕府が派遣している地頭との力関係がこじれている。

承久の乱以前、幕府の力は西日本まで及んでいないのが実情だ。初代将軍源頼朝の時代に、全国の荘園に徴税役人として地頭を置いた。しかし、そこには昔から朝廷に認められた荘園領主（※公家側）が依然として存在しているのである。したがって、諍いが絶えなかった。

今回の『亀菊の問題』は、それらとは少しレベルが違う。後鳥羽上皇が、

（相手がどう出てくるか）

揺さぶりをかけてきたのだ。摂津国（※今の大阪豊中市付近）長江・倉橋両荘園の地頭が、領主である亀菊の命令に従わないので免職にし、ここでの地頭を廃止するようにとの要望だった。

ここの地頭職は北条義時の領有（※義時個人の税収地と言い換えてもいい）とあり、院側にとって、幕府、あるいはその中心である北条義時に対してのあからさまな挑発ということになる。義時が欲しがっている皇族将軍派遣との交換条件であることは明らかだった。

この時点では、まだ院の方に交渉の主導権があったといえる。後鳥羽上皇は、『自分は治天の君』

である。暴走している武士たちを抑えることこそ正常な世になると信じていた。

院からこの要求が出てきた重要性について、受け止める側の北条義時は十分に認識していた。並みの政治家なら、

（この非常時に波風は立てたくない。一つぐらい良いではないか。院が、それで皇族将軍を派遣《よこ》してくれるなら……）

と、考えただろう。

この時も、そうした方が無難だと思った武士は少なくなかった。だが、義時は、その要求の本質を理解していた。幕府と御家人との信頼関係を土台から崩す策だったのだ。

☆

そもそも幕府は、御家人たちの権益を守る存在として成り立っている。その代償として御家人は幕府のために働く。このことが、のちに『御恩と奉公』といわれ、厳格な主従関係と思われがちだが、実態としては違う。二者の関係は『契約』によって成立している組合のようなものと思えばよい。だから、江戸時代にあった将軍と直参、大名と陪臣のような、儒教的な精神主義は皆目ない。

鎌倉時代の御家人は、自らを守ってくれない将軍と判明すればすぐに敵対する。そういう割り切った関係なのでわかりやすく、誰でも理解できるのである。それは現代的ですらある。御家人たちにとって、源氏将軍が守ってくれる存在であるうちは、みんなが担ぐ神輿に乗ってもらうが、役に立たぬとなれば代わりを見つける。たとえ位は将軍の下に位置する執権であろうと、北条義時という男が守ってくれるならばそちらを選ぶのである。

『守る』とは何を守るのか、それは単的に言えば、『知行地（※自分の領地）』である。その結びつきがどの程度のものなのかを確かめるために、院は亀菊事件を仕かけてきたのである。

北条義時は、院に対して毅然として立ち向かった。この当時、武士は力を持ってはいるが、皇室に対しては本能的に畏怖感を持っている。それは『神』に向かう姿勢と同じだ。神は拝むものであり、崇拝するしかない。しかし、その神が理不尽なことを始めたという感覚になっていたのが武士たちの思いだった。

義時にも政子にも同様に畏怖感はある。だが、今、それを乗り越えなければ、頼朝以来築いてきた武家の政権である幕府は自滅してしまう。どのようにして御家人たちの信頼を得ていくのかが義時の課題である。こちらから一方的に攻めることはできない。神に向かってそれをすれば、御家人たちは分裂するだろう。だが、このまま手をこまねいているわけにもいかない。

義時は、地頭問題の拒否と皇族将軍の東下を実現させるために、弟の北条時房を京に行かせて交渉することにした。但し、幕府の威を以てだ。千騎の鎧武者を引き連れて行く。京はどう出るか。

☆

時房にとっては二度めの京行きである。馬に揺られながら、初めて行った京への旅路を思い出していた。

☆

その時は姉の政子と一緒だった。今回と同じように、皇族将軍の候補者を決めるために院側と交渉することだった。その任は政子があたり、時房は警護役だった。

政子に付いて行かせたのは兄の義時だ。

「おまえは、京という魔物のいる町に入り、院や公家の正体を見てくることだ」

こうも言った。

「必ず、おまえや泰時が出ることになるぞ。その時のためだ」

すでに先を読んでいるような義時の指示を受けて、昨年、将軍実朝がまだ存命中に京へ赴いたのであった。

政子が出向いたのは、以前から幕府の首脳たちが抱いている不安を取り除くためだった。それは、実朝に子がないということだ。

「このままでは、継承者の問題で幕府が崩れていく」

これは、幕府を実質上率いている執権北条義時の意向が強い。しかし、この考えには無理がある。冷静に考えれば、たとえ実朝に世継ぎがいなくとも、二代将軍頼家の子はいるのだ。そういう選択肢があるにもかかわらず、義時はその考えを許さなかった。悪く言えば傀儡《かいらい》将軍が欲しいのだ。

義時や政子から見れば、一番大切なのは、幕府を立ち上げた亡き頼朝の理想を実現させることだ。それは、御家人を中心とする武士集団をまとめ、独立した政権にすることだった。それには、今の実朝ではリーダーシップがないし、また、先の将軍頼家のような、我を張るだけで大局を見られない将軍ではやはり駄目なのだ。

代わりに、本来は将軍の補佐役である執権の義時は、固い意思で武士集団を作ろうとしている。だが、義時は決して自らが将軍になろうとはしない。これは、以後、子孫たちも同様だ。あくまで源氏将軍という神輿を立て、影の力になろうとした。そのためには意思を持たない将軍が必要だった。

☆

時房は、すでに交渉の優先順位を持っていた。院には『治天の君』としての誇りを持たせ、幕府側はその間に実利を取る。皇族将軍の東下、地頭問題要求拒否の両方を得ることは難しい。そうであれば、どちらを優先させるかはおのずと見えてくる。但し、ここは交渉の熟練者たちが出てくる。いわば、狐と狸の化かし合いだ。焦らずに進まねばなるまい。

時房は若い頃から、兄義時の下で、暗躍する仕事には慣れている。京の六波羅に陣をとり、院側の出方を待った。三月から始まったのだが、二か月経ってもこちらの要望への返事はなかった。地頭問題について、時房はめずらしく強気で、院の要求を突っぱねた。これには千騎を伴う武力が効果を発揮した。

それならばと、院側は皇族将軍を東下させないと言ってきた。さてどうするか、時房にはその結果は読めていた。幕府に好意的な公家もいる。特に西園寺公経《きんつね》らと会い、秘策を出した。義時や三浦義村らから、最後の手段として扱うよう指示を受けている策、それは、

「将軍は皇族でなくともよい。頼朝公と血がつながっている公家で、しかも幼少の君がよい」

である。

名が挙がったのは、左大臣藤原道家の子で、二歳となる三寅《みとら》（※のちの頼経）であった。その血を辿れば、頼朝から見れば、母が実の妹の曽孫にあたる。何とも頼りないことだが、これで院に要求した。突きつけられた院側は半ばあっけに取られたようで、

（皇族将軍はあきらめたのか、これで幕府は敗北したな）

と、思ったのだろう。要求を難なく許可した。しかし、後鳥羽院自身において、この交渉は勝ったとは思わなかった。特に北条時房が率いてきた千騎の武者軍団を背景にした『亀菊に関する地頭排斥の要求拒否』の姿勢を目の当たりにして、脅威を感じざるを得なかった。

（こちらも、もっと武力をつけなければ）

との思いを強くした。

後鳥羽院の『治天の君』としての誇りは、今回の交渉でも強く出た。皇族将軍は許可しない。そのことは貫いた。地頭問題だって、こちらは返事をしていない。どう見ても院側の勝利ではないかと、公家たちは喜んだ。

時房はそのことを黙って見過ごし、鎌倉に帰った。地頭の権利を守ったことを手土産にしたのである。時房らしい交渉だった。狙いどおり実利を取った。

京に入ってから四か月が過ぎ、七月になって、将軍となる公家の幼子『三寅』を伴い鎌倉に戻った。

勝利はこちらにあった、と、やがてわかる時が来る。

八　承久の乱

（一）院宣

承久の乱における後鳥羽上皇に対するのちの評価は、容赦のないほど手きびしく、それは、どの史書でも定着している。その情報元は『吾妻鏡』『承久記』『増鏡』などである。それらは勝者の立場、あるいは鎌倉時代中期以降の政治秩序を前提に、あとに書かれたものであり、実際に事件が起きた当時、または、これから起こそうとする後鳥羽上皇と幕府の思惑をリアルに著したものかというと、疑問点も見受けられる。

さまざまな分野の能力と力を持ったスーパースターともいえる後鳥羽上皇が、何の見通しもなく決起するものだろうか。そのあたりに焦点をあてて、以後進めていきたい。

☆

承久元年（一二一九年）早々の三代将軍源実朝暗殺。そして、三月から七月までの北条時房による、半ば恐喝のような院への要求……。

後鳥羽上皇は、この間超然としているように見えた。だが、時房の軍勢を見て、武力の重要性も改めて認識した。

それから一年半の間、院と幕府の間に目立った衝突は見られない。情報戦は水面下で行われたが、記録には残っていない。

院は着々と武力を蓄えていった。思惑としては、畿内、近国の寺社、北面・西面の武士や幕府に反感を抱いている武士たちを合わせると、一～二万の軍勢は動くだろうと予想している。それに比べて、幕府では武力があるといっても、北条義時に反する者が多く存在するという。

（今がチャンスかもしれぬ）

と、院は思ったであろう。しかも、入ってくる情報は彼に都合のよい内容が圧倒的で、意にそぐわない報告は院自身が嫌っていた。これは後鳥羽上皇の欠点である。

戦いを仕かけるべき最終的な決断をする材料として、鎌倉側の大物である三浦義村を味方にできないか、側近の藤原秀康に調べさせた。弟の三浦胤義《たねよし》が京に大番役で、検非違使として務めていることは知っていた。しかも、異常とも思える長期間に渡って……。

後鳥羽上皇の持つ情報網は、この段階でかなり鋭いものであった。秀康に言う。

「そもそも、三浦胤義は関東の幕府から派遣された身である。それなのに、久しく京に残っているのはどういうことか。もし、何か心に期するところがあるのなら尋ねてまいれ」

藤原秀康は院の命を受け、雨がそぼ降る静かな夜、自分の屋敷に三浦胤義を招いた。門を閉め、遊女以外は余人を交えずに酒宴を開き、もてなした。

夜が更けて二人きりになった頃、秀康はいよいよ本筋の話を切り出した。

「そなたは幕府御奉公の身ですな。もう大番役の期限はとっくに終わっているはず。なぜ長逗留しておられるのか？　院が気になさっており、内々に事情を承ってまいれとの御意向です」

胤義はそれを聞き、『はっ』と畏《かしこ》まった。

後鳥羽上皇は、そのあたりの事情をすでに調べてある。だからこそ、この胤義の姿勢が関東武士の連携を削ぐ重要な鍵になると思っている。

胤義には、この酒宴の狙いが、どうやらわかってきた。院と幕府の政治的緊張が続いている今、院の寵臣《ちょうしん》である藤原秀康が誘ってきたこと自体、心のどこかで、それを望んでいる自分がいた。胤義は、幕府に不満というわけではなく、北条義時に反感を抱いている。しかし、義時に対して単独で刃向かえる力がないことも自覚している。かといって、兄の三浦義村は義時側に付いている。しからば、できるだけ義時の支配力の及ばないところである京都にいる方が身も心も休まるに違いないという悶々とした事情があった。

だが、今、もったいなくも院が手を自分に差し延べてくれたように思われた。胤義は思いきって秀康に話を始めた。

「特別の理由があってのことではございません。私が今現在連れ添っております妻は、故大将軍、源頼朝公の下で活躍した一品房昌寛《いっぽんぼうしょうかん》という者の娘でございます。当初、二代将軍源頼家公の寵愛を得て男子一人を儲《もう》けたのですが……」

と、いったんそこで言葉を止めた。

その後、頼家は無残にも殺され、残された女たちと子は数奇な運命をたどることになる。

ここに登場した女性は、巡りめぐって三浦胤義の妻となり、頼家との間に生まれた男子は、やがて出家し『禅暁《ぜんぎょう》』と名乗った。しかし、存在を認めない北条義時は、刺客を送ってその子を殺している。

これには双方の言い分がある。三代将軍源実朝殺害の『公暁』とは腹違いの兄弟であるので、結託しているという考えと、もう一方は、正統な血筋を許さぬ北条こそ奸賊だとするものである。

胤義は言葉を続けた。

「北条義時の元で、朝に夕に顔を合わせることはつらいものがある……」

と、秀康の面前で、泣きながら訴えた。

「さても力及ばず、情けないことです」

すかさず秀康は、ここから話を核心に持っていく。

「元々北条義時は、院が嫌っている男です。皇室の権威をないがしろにしていること甚だしい。あなたも相当恨みがあるようだ。どうです、義時を打ち倒すためによい方法がありませんか？」

胤義は即座に答えた。

「帝は一天万乗の君。その方のお考えとあらば何事もかなわぬことはありません。日本中の武士たちは、先祖代々、帝の命を受けて背いたことなどないはず……」

秀康が問う。

「して、そなたの実家はどうじゃな？」

胤義は、一気に話し出した。

「私の兄、三浦駿河守義村が現在家督を守っていますが、私から見れば、立つべき時に立たず焦《じ》らされることが多くて、謀略が過ぎるとも思っています。

このような、決断力のない兄ですから、むしろ、院から『協力すれば、日本全体の総追捕使でも何でも、恩賞は望みどおり』と仰せられれば、断ることは、よもや考えられません。何なら、この胤義が兄に、内々にそのこと伝えましょうか？」

このような内容にまで踏み込むとは、秀康も内心驚いている。関東御家人の武力の怖さは拭いきれないものの、三浦氏という巨頭がこちらに味方してくれる確率は、今夜の話し合いで、高いのかもしれないと思うようになってきた。

さっそく後鳥羽上皇がいる高陽院《かやのいん》の御所に入り、そのことを報告した。

「胤義は院側につきます。そして、本家の三浦義村もおそらく……」

後鳥羽上皇はそれを聞き、満足気であった。

以後、院の動きが活発になった。翌日、三浦胤義を呼び、直に昨日のことを確認し、

（いよいよ、機は熟した）

と、判断した。

☆

五月十四日、京の南部にある鳥羽の城南寺において流鏑馬《やぶさめ》を催すとの口実で、近隣の兵が集められた。幕府には本当の目的を知らせていないが、集まった武士たちは、大和・山城・近江・丹波・美濃・

尾張・伊賀・伊勢・摂津・河内・和泉・紀伊・丹後・但馬など十四か国にのぼった。主な武将だけでも千七百人ほどはいた。

この勢力をもって後鳥羽上皇は、藤原秀康に命じ、京都守護の伊賀光季《みつすえ》を追討することにした。伊賀は、院からの再三に渡る協力要請を断っていた北条義時側の武将だった。

さらに、同時に公家で義時に通じている者の幽閉を命じた。その中の代表が西園寺公経である。

☆

これから記す伊賀光季父子は、武士として『男の中の男』と評される働きをして人生の幕を閉じるが、後世に語り継がれることになる。

院側の軍勢に備え、伊賀光季は軍議を開いた。郎等たちは、

「無駄に戦うことはありません。夜のうちに都を脱出して美濃・尾張まで行き、そこからは三〜四日もあれば鎌倉に着きます。その道が危険ならば、あるいは北陸道からまわっても、途中、船で越後に出ることができます。そこから信濃路を行き、鎌倉を目指せばよいと思いますが……」

伊賀光季はそれらの案を聞くと、沈思黙考したあとで静かに目を開け、集まった郎等たちに言った。いや、宣言した。

「その意見は合点がいかぬ。執権殿（※北条義時）も何らかのお考えがあってこそ私を京に派遣されているのだ。まさに今日のような時こそ毅然としなければならぬ。断じて敵に背は向けぬ。たとえ、この王城に屍をさらしてもな」

このような、激しい確固たる主人の心意気を聞いては、もう誰も口を開く者はいなかった。

その夜、軍議終了のあと、次の日の夜明けまでに、多くの郎等が姿を消した。逃亡したのである。その結果、伊賀光季の元に残ったのはわずか二十七名だったが、その者たちは、各々が一騎当千の強者たちだった。そこに伊賀光季の子、光綱もいた。元服後、まだ間もない十四歳の少年であった。

光季は、屋敷をこの人数で固めさせた。大門、小門とがあり、大門の方に押し寄せてきた敵は千余騎もの武者たちで、とても持ちこたえることはできなかった。しかし、当初から死を覚悟した者は強い。よく奮戦した。

最後は、ついに大門を開け放ち、光季は我が子とともに壮絶な自害を遂げた。四十八歳であった。残った郎等たちも最後まで自らの死を賭けて戦った。『もののふの道』に殉じたといえる。

光季の子、伊賀光綱はまだ非力で、刀で腹を切ることができない。

「火に飛び込め！」

と、父は命令したが、なかなかそれもかなわず、

「他人手《ひとで》にかかるなら父《わし》がやる。光綱、ともに死出の山を越えるぞ！」

と、吼えるやいなや、息子の首を掻っ切り、火の中に投げ入れて拝んだ。そして、光季自身もすぐあとを追い、自分で腹を切ると、火の中に飛び込んだ。

☆

この頃、相前後して四人の密使が京を発ち、鎌倉へ向かった。

京の変事を知らせる伊賀光季の使いと西園寺公経の使い。さらに、三浦胤義が兄の三浦義村宛てに、院に味方するよう要請した書状を持った使い。そして四人めは、後鳥羽上皇が派遣した密使である。

その使いは、『北条義時追討の院宣』を携えていた。

後鳥羽上皇が立ち上がったのには、彼としたら無理もない理由があった。そもそも鎌倉にいる将軍（※征夷大将軍）の位は院（※皇室）が源氏に与えたのであり、幕府とは将軍のものであるという考えである。しかし、北条義時を中心とする御家人層の多くは『源氏』にこだわらない。今や単なる飾り雛でよい。武士の政府である幕府の土台をしっかり作り、自分たちの権益（※領地）に損害を与えない代表ならば、極端な話だが、誰でもよかった。

後鳥羽上皇は幕府を倒そうとは考えていない。将軍をないがしろにしている、執権に過ぎない北条義時を追討しようとしている。これなら、当然御家人たちは賛同するに違いないと思った。これは筋が通っている理屈だ。武力も整えたし、当時、皇室の権威に対する絶対性について疑いを持つ者はいなかったであろう。たとえ、北条義時や北条政子であっても……だ。

だから、後鳥羽上皇が立ち上がったことについて、のちに考えるほど無理ではなかったと考えられる。問題は、人間という生き物の『心理の動き』だ。後鳥羽上皇という当時の最高権力者が、治天の君・道ある世の実現を夢見るあまり、時勢をどう見たのかに、非常な世間知らずの甘さがあったのは否めなかった。

☆

京からの密使たちは、いずれも五月十五日に出発した。そして、鎌倉に到着したのも五月十九日と共通している。ただ、微妙にその時間は前後していた。最初に着いたのは誰かということになるが、三浦義村が弟の知らせを見て、すぐに北条義時に報告したとあるので、三浦胤義の使いが早かったのだろう。

義村は、この使いの話から、途中まで院の使いの押松丸（※下部押松）と同行したことを聞いた。そして、即刻北条義時の屋敷に出向き、弟からの書状を見せ、情報の漏れを警戒するために押松丸を捕えることを奨めた。

この時の義村の行動についてだが、少し補足が必要だろう。京にいる弟の三浦胤義からの書状の内容は、院に味方するようにとの要望書だ。これは胤義の浅薄さとばかりは言えない事情がある。義村の、前将軍源実朝暗殺事件との関係だ。三浦義村自身が将軍殺害の下手人である公暁をそそのかした黒幕との噂が広がっているのだ。事件の時、北条義時も殺されるはずだったが、案に相違した。胤義は、兄の本音がわかっている。宿敵たる義時、北条氏を狙う機会を執念深く待っていることを……。兄は、院が起ち上がれば、必ずやそれに味方すると確信していた。

だが、義村は起たなかった。むしろ、弟の思慮のない行動を、一族の破滅へ導くものとして警戒した。

（弟は、京に長く居過ぎた。関東の状態を知らんのだ）

と、思った。

確かに、院（※皇室と置き換えてもよい）の権威は、武士たちにとって侵すべからざる存在で畏れられている。しかし、それは院に力があり、自らの領地が院に守られている時ならば無条件で従う。だが、今の武士（御家人）たちの領地は源頼朝の手によって掴《つか》んだものだ。それを失いたくないという本音の部分が、京にいる弟はわかっていない。これでは逆に一族は滅びると思ったのだ。つまり、院に味方すれば、勝ったあかつきにという条件付きで新しい領地が得られるのだが、幕府の方に味方すれば、少なくとも今持っている領地、財産が保障されるのだ。

御家人たちは、頼朝旗上げの頃は徒手空拳で、失うものはなかった。しかし今は違う。守るべきものがあった。現状維持こそ望むものだったのだ。

☆

押松丸は、奥州総奉行職にある葛西清重の宿所で捕まった。さっそく北条義時がその持ち物の中身を点検したが、押松丸が所持していた書状の宛名に驚いた。主な者だけでも、北条時房・三浦義村・武田信光・小笠原長清・小山朝政・宇都宮頼綱・長沼宗政・足利義氏であり、特に、弟の時房の名があることに、義時は疑問を持つどころか、院側の諜報力の甘さを感じた。

(自分と弟との信頼関係の深さをわかっていないのだ)

しかし、果たしてそうとばかり言えたのだろうか。火のないところに煙は立たないという。これが結果として時房の離反とならなかったのは、義時と時房を結ぶ線上にいた北条政子の存在、または政子の意志と言ってもよいのだが、それが大きかったのだろう。

さて、後鳥羽上皇が御家人たちに発した院宣の内容だが、要約すると以下のようだった。

「近年は関東の成敗（※裁判、正邪の判断）と称し、天下を乱している。将軍の名を借りてはいるが、(将軍は)まだ幼少で、(実際は執権の)義時が将軍の命令と称し、ほしいままに諸国を裁断している。加えて、自分の力を誇示し、朝廷の威をおろそかにしている。(これは)まさしく謀叛というべきだ。早く諸国に命じ、守護・地頭が院庁に参じるべきである。国司や荘園領主はこの命令に従うように」

(※官宣旨案『鎌倉遺文』二七四六号より)

（二）評議

北条義時の腹は決まっていた。しかし、正直なところ不安があり、まだ、もう一つ確固たる担保が欲しかった。その不安とは、他の御家人たちが深く心の奥に抱いているものと同じだ。召集された者たちがどの程度の決心を持っているのかをまず見てから、最後に決断を下したいと思った。

五月十九日、順次北条政子邸に集まった御家人たち。主な者は、義時の弟の北条時房、息子の北条泰時、足利義氏、小笠原長清、小山朝政、千葉泰胤らである。そして、政所からは、脇侍に抱えられるようにして現れた大江広元、三善康信、最後に三浦義村が入ったことにより、出入口は閉ざされた。

沈黙が支配している。

☆

義時は頃合いを見ている。姉の北条政子を登場させるタイミングを計っているのだ。二年前の『亀菊事件』以来、院との対決姿勢ははっきりしていた。だが、一抹の、いや大きな不安となっている朝廷への反抗を、皆がどう考えているのか、事ここに至って、それを払拭《ふっしょく》させるための何かが必要だった。

そこで考えた義時の策は、姉の政子を使うことだった。政子は義時にとって姉であると同時に、鎌倉殿と呼ばれた初代将軍、故源頼朝の妻でもあった。また、二代将軍頼家、三代将軍実朝らの母でもある。御家人たちから見れば、今や単なる未亡人ではなく、尼姿となっても、幕府の意思を決める最高決定者であった。彼らからすれば偶像崇拝に近いものがあった。

この政子に、一世一代ともいえる、人心を鼓舞させる役目を担わせようというのである。

かくて北条義時は、弟の時房とともに政子邸に参り、御家人たちの前で大舞台の演出をすることになった。既に政子と事前に打ち合わせはしている。政子が話す内容も、義時主導で既に決めてある。

夕刻になっていたが、庭先には埋め尽くさんばかりの御家人たちが集まっていた。それらを率いる形で、義時は大声で政子の部屋に向かって指示を仰いだ。

「世上すでに乱れ、十五日には京にて伊賀光季が討たれましたが、いかが計《はか》らうべきか」

と、申すと、開き戸が放たれ、政子が姿を現した。

政子の心境は複雑だった。義時の言うとおり、今が北条氏最大の危機だとはよくわかっている。しかし、もう自分にはそれに真っ向から立ち向かう気力も体力もない。夫は二十年以上も前に鬼籍に入り、しかも、自分が産んだ三人の子（※大姫・頼家・実朝）が、すべて非業の死を遂げている。おそらく政子は、誰よりもそれらを自分への天罰と受け取っていよう。

今回のことも、自分にはもうどうでもよいと思う気持ちがあり、死にたかったが、義時の一言で表《おもて》に出る気になった。

「姉上、御自害なさるおつもりなら、私が先に目の前で腹を切らせていただきます。姉上には上様（※源頼朝）の代わりに、姉上にしかできないことを、これからしていただきます」

以下、紹介するが、政子の述べた内容は、義時にすら予想以上の激しいものだと感じた。政子自身、自己の心の高揚感とともに話を進めていく中で、頼朝との生活を鮮明に思い出していくのであった。

☆

「日本国中の女性で、妻となった者はたくさんいるであろうが、私ほど心を痛ませてきた者があるでしょうか。

今は亡き殿にお会いし、見染められた時は、とんでもない振る舞いをする娘と、親にも邪険に扱われました。

その後、平家との戦いが始まりました。私は手に汗握り、心を砕き、身を清めるとともに、一心に神仏に祈る日々を送ってまいりました。心安らかならぬ毎日でしたが、六年ほど経つと平家は滅び、戦乱もなくなりました。

さて、これから、安穏な日々の到来という思いでしたが、無残にも大姫（※頼朝と政子の間の長女）が亡くなり、親としてはもはや何をする気にもなりませず、命を絶ちたいと思いました。しかし、その時に殿はこう仰せられたのです。

『姫がなくなり、沈み込む気持ちはわかる。だが、あまりに嘆き続けるのは、死んだ者の成仏の妨げになるので罪深いことだ』

私は、必ずしもその言葉によって慰められたというわけではありませんが、日々気持ちを切りかえようという気にはなりました。

二度めの別れは殿の死でした。この時こそもう私の心は限界でした。あとを継いだ頼家は、私の目から見ればまだ幼い。本人は、殿より劣ってなるものかと思っていたのでしょうが、そのようなことはかなわぬはずなのに、あまりに強情を張るのです。そのためか、逆に親として見捨て難く、いろいろ思いめぐらせておりましたが、やはり、また守り切れず、頼家までも失ってしまいました。

今度は誰を頼むべきなのかわからなくなり、かと言って鎌倉中の誰を恨んでいいのか、そういう者があるわけではないので、一人思い、悩んでいました。そんな時、実朝が慰めてくれたのです。

『今は頼もしい人もなく、孤独になられ、お察し致しますが、兄上だけが子ではなく、私もあなたの子ですよ』

と、実朝は、静かにですが、そのように申してくれました。

痛ましくて、空しく明け暮れておりましたところ、今度は実朝が亡くなられました。今度こそ、これを限りに自害しようと思いました。なんで命を永らえてこのようなつらい身になるのか。如何なる渕、川に身を投じてしまおうと思ったことか……。けれど、義時がこういうのです。

『あとを追って死のうとするならば、鎌倉は攻め込まれ、戦場となり、焼き尽くされましょう。そして廃墟となり、鹿や猪の住み家となり果てて滅んでしまいましょう。そうなれば、三代続いた将軍の地、鎌倉を、いったい誰が訪れてくれるでしょう。

本当に自害を御決心なさっていらっしゃるのならば、まず義時が御前にて腹を切り、御供つかまつります』

そして、義時は昼も夜もそばを離れず、さまざまに説き、私を復活させようとしている間、ふと、私が死んでは、代々の将軍の墓を訪れる者もいないのだと思い、厚かましくも今日まで生き永らえてきましたが、そのために上皇様の追討を受けるという、つらい目に遭うのは本当に悲しい」

☆

ここで政子の表情が変わった。今までの、家庭人としての生き方を御家人たちに話すことによって聴衆は身近さを感じ、感情移入がしやすくなった。政子がそこまで意識していたかどうかはわからない。ただ、この長い一家庭の話があったればこそ、次の『本題』が生きてくるのだ。

☆

「さて皆の衆……。心を一つにして承るように。これが最後の言葉です。故殿が朝敵を征伐し、関東を草創して以後、官位といい、俸禄といい、その恩はすでに山よりも高く、海よりも深い。その恩に報いる思いが浅いはずはありません。

日本国の侍たち、昔は三年の大番を命ぜられると生涯の重大事と思い、大勢の家来たちに至るまで晴れがましく装って出かけました。

しかし、三年が終わり、帰るときは力も尽き、着るものもろくに揃えられず、蓑笠を首にかけ、家来たちは裸足でやっと帰着していたものでした。

そのような状態を哀れに思われた故殿は、朝廷と交渉し、三年の任期を六か月に縮め、諸人が助かるように計らっていただきました。これほど御情け深く尽力した御志を忘れ、京方へ参らんとする者、また、留まって名誉を惜しみ奉公する者、いずれをとるか、只今この場で、確かに決めなさい！」

これを聴いた御家人たちの中には涙を流す者も多く、

「心なき鳥・獣でさえ恩を忘れぬと承ります。まして我々、代々御恩を被《こうむ》りましたからは、いかなる野の木、道の辺までも行き向かい、都に向かって屍をさらしましょう」

と、誓うのであった。

幕府こそが自分たちを守ってくれる政権だということをよく理解した証しであった。

☆

政子の壮絶な演説が終わり、しばらく時間を置いたあと、晩鐘の頃になると義時の館で評議が始まった。

三浦義村が話の口火を切った。

「院は、すでにかなりの武力を集めていると聞く。北面や西面の武士、あるいは僧兵らが主なものだろう。だが、関東の勢力からすれば取るに足らない数に変わりはない。ただ……」

「ただ……とは？」

小笠原がいぶかしげに尋ねたが、それに対して三浦は答えた。

「今までの敵とは違うということだ」

すると、泰時が確認するように訊いた。

「相手が院だからということですか？」

皆、黙った。

(そういうことだ)

と思い、考え込んでいるのだ。

足利義氏が続ける。

「どうやって兵をまとめるのだ。院は皇室だ。その命令で戦うのが我らの務めだ。今まで院（※皇室）に弓を引いて勝ったためしはない。そこのところをどう考えているのだ」

義時は黙っている。一番恐れていた問題である。院に立ち向かう兵士たちの恐怖感。神ともいえる相手に躊躇《ちゅうちょ》する御家人たち。予想はしていた。その後も意見はいろいろ分かれたが、結局は、足柄、箱根の二つの道の関所を固めて待ち受けることになりそうだった。

しかし、大江広元が御家人たちに対して、語気を強めて、忠告するように発言した。

「私はあなた方のような武人ではない。戦い方（※いくさ）を知らない。だが、話を伺っていると、どうも今回の戦は負けそうな気がする。それはあなた方も感じているはずだ。院を畏れており、受身だからだ。院宣を出した相手に対して戦いを挑むことの恐ろしさに支配されている。

しかし、二位殿（※政子）の話に共鳴したからこそ一同立ち上がる決意をしたのではないのか？なあに、院宣など私たち公家出身の者から見れば、ただの紙切れだ。昔、平氏との戦いの折、何回院宣の内容が変わったかを思い出すことだ。

今は東国武士が心を一つにしなければならない。関を守って時間ばかりが経過していくのは却って敗北の原因になる。ここは運を天に任せて、速やかに兵を京に送るべきだ」

義時は、

（これだ！）

と、すぐに反応した。

政子に、御家人たちの考えと大江広元の主張の両方を示して採決を迫った。義時の目を凝視した政子は、即座に義時に同調した。

「上洛しなければ、絶対に院の軍（※官軍）を破ることはできないでしょう。武蔵国の軍勢を待って、速やかに京に向かうべきです」

この決定に皆が従い、軍勢を上洛させるため、すぐに執権北条義時の名で、指令といえる奉書を作った。送られた者たちの範囲は、遠江・駿河・伊豆・甲斐・相模・武蔵・安房・上総・下総・常陸・信濃・上野・下野・陸奥・出羽……。

内容は、一族を率いてすぐに出陣せよというものだ。

「京より、関東を襲撃するとの風聞があったので、時房、泰時が軍勢を率いて出陣する。朝時は北陸に向かわせる。このことを速やかに一家の人々に伝えて出陣せよ」

☆

だが、二十一日になって再び評議をするはめになった。それは、すでに決まったはずの『上洛』に異議が出たことによる。しかも、震源地は意外であった。

それは北条泰時からだったのである。

「これほどの大事にまだ兵も集まらず、無勢にてはどうしようもありません。さらに三日ほど引き延ばして、若侍たちを召し集めてからにしてはどうでしょう」

極めて常識的で良心的な思考過程を持つ泰時は、どうしても院に対して公然と立ち向かうことに二の足を踏んでいる。これには義時も大江も頭が痛かったが、以下のように考えもした。

（泰時は今回の総大将として出動することになる。しからば、個人の考えというより、物言わぬ他の

者たちを代弁してのことだろう）

大江広元は言う。

「上洛と決したあとに日が経ったので、とうとう、また異議が出された。武蔵国の軍勢を待つというのもやはり誤った考えだ。日時を重ねていては敵側の思う壺だろう。味方の者らであっても、きっと心変わりをする者が多くなっていくだろう」

そして、つけ加えた。

「泰時殿、あなたがたとえ一騎であっても、今すぐに出立すべきです。そうすれば東国武士たちは考える間もなくあなたに向かって、雲が龍になびくように従ってくるでしょう」

さらに、大江と同様に京からやってきた三善康信も老骨に鞭打って発言した。

「関東の安否は、今、もっとも重要な局面を迎えていますぞ。あれこれ議論しようとするのは愚かです。兵を京に派遣することを決めたにもかかわらず日数が経過したのは、まことに怠慢というべきです。大将軍一人はまず出陣されるべきでしょう」

義時は、老公家の二人の意見が一致したのを見て、泰時に命令した。

「後鳥羽院の御代となって、以前より国は乱れ、万民の愁いは少なくない。わずかに幕府支配の分国のみで万民安楽の思いだ。しかし、院による天下御一統があれば、禍《わざわい》は天下に及ぶ。

不徳の帝王から天下を奪った例は中国にもある。よもや、今、このような事態を収拾することに、天照大神、正八幡宮もお咎めになるまい。院を誤りたてまつる近臣の悪行を罰するまでのことだ。

よいか、考えるな、すぐ発て。

一騎でも戦うという気概を見せなければ、味方はいなくなるぞ」

義時の激しい決意表明ともいえる決断を以て、泰時以下、その場に居合わせた者たちは迷いを断ち、即刻出撃の準備を始めた。各々が自分の宿所に立ち帰り、その夜のうちに泰時、時房などが、ごく一部の郎等を伴い、わずか十八騎とも言われる一陣で鎌倉をあとにした。

(三) 沸騰

出撃した十八騎が歩を進めるごとに、方々から軍勢が増えた。大江広元が言ったとおりの状況となっていくことに泰時は驚いていた。だが、それとは裏腹に、彼の心にはまだ迷いが渦巻き、それを断ち切れないのがもどかしかった。

藤沢で、膨れ上がった部隊を編制している時、泰時は唐突な行動に出た。

「叔父貴、忘れ物をした。鎌倉に戻る。少しの間待っていてくれ」

時房の返事も待たず、単騎駆け出していった。どうしても父に確認することがあった。

「父上、この戦いで院御自身が軍の先頭に立ち、御出陣あそばされればいかがいたしましょう」

義時は、以下のように返答したと『増鏡』にある。

「御自身出陣の折は、院の御輿に弓を引くことはならぬ。かぶとを脱ぎ、弓の弦《つる》を切って身を任せ奉れ。その代わり、院が出陣しないで都にいて、諸将に軍兵を預けた際はあくまで徹底して戦え」

果たして本当だろうか。義時の決心はそんな生易しいものではなかったろう。あったとすれば、泰時の心情を思えばこその返答だったに違いない。

朝廷に対する戦いに泰時は悶々としていたが、父の再度の決意と院への姿勢を見て、ようやく決心がついた。

（院が御出陣されれば降伏するまでだ。そうしたら私は死ぬしかあるまい）

ここに、当時の泰時の、武将としての未熟さを見ることができる。彼は、父の義時と違い、性格的に温和であり、公家的な教養も身につけている。そのことが、院に立ち向かう上での心の障害にもなっていたのである。

しかし、公家そのものの出身である大江広元や三善康信らは、京の公家社会の正体がどういうものかを熟知した上で、院に戦いを挑む厳しい姿勢を示したのに比べ、泰時の公家的教養はいかにも生半可で、煮えきらないものだった。

話は戻るが、もし泰時の迎撃策が通っていれば、承久の乱はどうなっていただろうか。院側の士気は上がったろうし、逆に幕府側の武士たちの離反は数知れなかったに違いない。

この物語の主人公北条泰時は、まだ人格として発展途上にある。むしろ、この戦いを通して鍛えられていく素朴な武将の一人であった。

☆

承久の乱での幕府軍の総数は十九万。内訳は、東海道の軍が北条泰時・時房・泰時の子の時氏・三浦義村・足利義氏・千葉胤綱以下十万。東山道が武田信光・小笠原長清・小山朝長・結城朝光以下五万。北陸道は北条朝時・結城朝広・佐々木信実以下四万であった。

☆

五月二十七日のこと。院宣の件で捕まっていた京からの使い、押松丸が解き放たれた。殺さずに京へ帰らせたのは義時の考えだ。関東の様子をこちらから知らせるより、押松丸を生かして帰らせ、幕府軍の万全たる威容を報告させた方が効果的という、敵への心理作戦といえた。

押松丸を解放する時、義時は、以下のように申したという。史料によって違うが、あるいは文書の形で知らせたのかもしれない。

「義時、昔より院の御為に忠義を尽くしてきた。しかし、人を陥れる者たちのために院から咎めを受ける身となった。この上はやむを得まい。軍を派遣する。弟の時房、子たち泰時、朝時など、合計十九万の軍である。これで足りなければ、重時、四郎を伴い、義時自らが二万騎で京へ参ろうと思う」

押松丸は脂汗をかきかきしながら、急ぎ京へ向かった。歩きながら考え込んだ。どうしてこんなことになったのだ。当初は、院宣を運ぶ使者として関東に下れば、あちらこちらから褒美をもらい、京へ凱旋するはずだった。ところが、褒美どころか、幕府に捕まり、このような目に遭ってしまったのはなんと悲しいことだ。

だが、命をとられなかったのは不思議だった。何か、自分がまだ義時の謀略の中にいるのではないか。途中で刺客が待っているのかもしれない……などと考え、できるだけ目立たぬようにして歩を速めた。

六月一日に京にたどり着き、さっそく院が待つ高陽殿に向かい、報告をした。その姿を見て公卿たちは喜んだ。押松丸が生きて戻ったということは、吉報をもたらせるに違いないと皆思った。

「押松丸が戻ってきたぞ。かくなる上は、誰か義時の首を取って参るか。

鎌倉では院宣に応じて義時追討の合戦をしているのか？　それとも院に手向かおうとしているの

か？　どうなのだ押松丸！」

皆々が口やかましくまくし立てるので、押松丸は考えようもなく、ついに床にうっ伏して泣き出す始末だった。公卿たちはその姿を見て、鎌倉から京までの道中の苦しさを思って泣いているのだと苦笑した。

しばらくして、落ちついてきた押松丸は涙を拭い、鎌倉の様子を語り始めた。それによると、降伏どころか、院宣を受け取ってますます敵の勢いは増している。今にも東海・東山・北陸から大軍が押し寄せてくるというのだ。

聞いた公卿たちは、皆青ざめて慌て始めた。後鳥羽上皇一人が気後れした様子も見せずにいた。そして、負け惜しみのように、

「大丈夫だ、気後れするな」

と、言ったが、唇は震え、顔面蒼白となっていった。

☆

幕府軍の行軍は三手に分かれていたが、尾張付近までは京方の抵抗らしい抵抗はなかった。

六月五日には一宮に到着し、いよいよ攻撃の部署を定めた。京方の軍が尾張川（※木曽川）まで出撃していたのである。その中心には、以前にも紹介した藤原秀康や三浦胤義がいた。そして、初登場だが、陣頭指揮が鋭い山田重忠という武将も参加していた。

東山道から行軍してきた武田たちは、すでに美濃大井戸で京方を攻撃して敗走させていた。

尾張川を渡り、抗瀬川（※揖斐川）手前で東海道・東山道の両軍が合流した。京方の主だった武将

たちはいち早く退却したが、独り、山田重忠だけが留まって防戦した。しかし、敵の膨大な数が相手では止められずに破られてしまった。

その知らせが京に伝わると、公卿たちに言い知れぬ混乱が生じた。さすがに後鳥羽上皇も敗報の真偽を確かめることはせず、危急の事態を切り抜けるための行動に出た。まずは、子の土御門《つちみかど》・順徳の両上皇とともに、八日になって比叡山に上った。僧兵たちの勢いに頼ろうとしたが、叡山では、これによい返事をしなかった。やむなく上皇たちは、十日に再び京に戻り、上洛してくる幕府軍の対策を練った。

一つめは、鎌倉に協力的だった公卿で、開戦前に入牢させた西園寺公経を釈放して幕府との交渉にあたらせようとした。

二つめとして、一方では十二日に再び官軍を派遣し、宇治・勢多に布陣させた。宇治と勢多を結ぶ宇治川の流れは、古来、東方からの攻撃に対して、京を防衛する最後の抵抗ラインであった。

琵琶湖から流れ出る宇治川は、下流に行くほど山峡に差しかかり、流れが急となる。攻撃する側としては最後の難関であった。膨大な人数の幕府軍は、少し手前の野上（※関ヶ原）・垂井に陣を張り、これからの攻撃の評議をした。この時の評議を進めたのは三浦義村だった。戦場での経験や年齢を考えれば、自然に彼が指揮を取るようになったのだろう。

その差配の結果、北条時房が勢多（※大津）、北条泰時は宇治から入京することになった。三浦義村は淀（※伏見郊外）に陣を張ることとした。この時、時房の配下の者が、勢多では安易と思ったのか難をつけたが、義村は昔日の、平家追討の際の体験を理由にあげた。

「勢多は主力が集まるところだ。そこに時房殿を配置して京へ進む。宇治は搦手《からめて》（※裏）なので、経験の浅い泰時殿を向かわせる。

これは、源平の戦い当時、京からの木曽義仲軍と対峙した時と同じだ。主力の源範頼、搦手が弟の源義経だったことに範を得ており、まちがっているとは思わない。それとも、勢多では敵が向かってこないとでも思っているのか？」

義村の皮肉を込めた返答で収まり、一同はこの決定に従って軍勢の移動を開始した。

☆

北条泰時軍の戦いぶりを見てみよう。

六月十三日、折から豪雨の中、泰時は岩橋に陣を張り、攻撃の機会を窺った。ところが夜半になると、宇治西南の栗子山にいた三浦泰村（※義村の子）軍が足利義氏と共に、泰時の命令がないまま先走ってしまった。京方の軍勢と鉢合わせしてしまい、猛反撃を受けて近くの平等院に立てこもったのである。

救援の連絡を受けた泰時は、すぐに軍を移動し、宇治川沿いに平等院へと歩を進めた。そこで見たものは、三浦泰村軍の憔悴した兵たちだった。陰暦六月は現在の七月だ。暑い中、しかも夜行軍で強い雨が降っている。その状況で敵と遭遇し、地の利を得た京方に敗戦した。

兵士たちの様子は、鎧兜に滝のような雨が流れており、馬は倒れるなど、目も当てられぬ有様だった。その時の兵たちの絶望的な視線は、

（我らのような卑しい身分の者が、神の化身の帝王に弓を引けばこうなるのか……）

と、語っているようであった。

いったん戦局が不利となれば、改めて院と戦う恐怖感が甦《よみがえ》ってきて、軍勢の士気が低下しそうになっていた。率いる大将軍の北条泰時にもそれはあり、周囲が心配したが、当の本人はすでに心をまとめ、迷走からは立ち直っていた。

翌十四日、昨夜の騒動が静まってから、泰時軍は激流となった宇治川を渡り、対岸で構える京方の軍勢と決戦することになった。

☆

宇治川の急流は、京都盆地を守る天然の外堀だ。しかもこの時は豪雨が加わり、まさに激流状態であった。水面は水の筋が揉み合い、白い波頭を立てて、あふれるように流れている。

対岸では京方の軍が矢倉を構え、盾を築いている。川の所々には、馬を防ぐための乱杭《らんぐい》、逆茂木《さかもぎ》が打ち込まれ、綱を張りめぐらせてある。

敵前渡河にあたり、それに適した浅瀬を探るため何名か身の軽い者に調べさせている。宇治川橋(今の宇治橋)より少し下流の方に適地を見つけるが、そこは平等院に近いところで、偶然にも、昔、義経軍が渡った『橘の小島』といわれる辺りだった。ここから、犠牲の多かった泰時軍の渡河作戦が始まる。

まず、先鋭部隊として選ばれたのは、芝田兼義・佐々木信綱・春日貞幸の三人の武将が率いる。このうち、春日が乗った馬に敵の矢が命中した。春日は落馬し水中に沈んだが、刀で鎧や具足を斬り、やっとの思いで浅瀬に浮かんで一命をとりとめた。

佐々木、芝田が何とか渡ったのを見て、その道筋を続いて渡って行った者たちが七騎、四騎。それから、そのあとを行った十四騎は少し下流の幅の広い所をねらって入水したが、実は深い場所だったので、皆沈んでしまった。さらに何人もが渡河に挑戦したが、渡りきる者より命を落とす者が圧倒的に多い有様であった。

やがて、本隊が一斉に動き始めたが、京方の激しい抵抗と宇治川の急流に阻まれ、泰時軍の犠牲は夥《おびただ》しかった。主な者だけでも九十六人。郎等たちを合わせれば八百余騎の人馬が溺れ、落命した。このような激戦で、しかも、味方が追いつめられている八方塞がりの状態は、泰時には初めての経験だった。

こうなると、軍略の才に乏しい彼の思考は乱れてくる。対岸にいる京方の官軍側は、勝ち誇ったように鬨《とき》の声を上げている。

(もはやこれまでか……)

と、悲観したのか、息子の時氏に向かって命じた。

「味方の敗色が濃い。今や大将の死ぬべき時だ。おまえは川を渡り、命を棄てよ」

ふだんなら冷静で穏やかな泰時だが、今は自暴自棄になっている。

「あれほど多くの軍兵を失ってしまった。もはや我が身一人生き残っても仕方ない。運が尽きた今は死あるのみ」

と言って、騎馬して川を渡ろうとした。

その時、必死に泰時の馬の轡《くつわ》をつかみ、動きを止めたのは、先ほどの先陣争いの時に自分の馬が敵の矢に射とめられ、戻ってきた春日貞幸だった。大部隊の指揮を執る司令官としては血迷っているとしか思えない泰時を、春日は次のように諭《さと》した。

「このような口惜しいことになったのは残念なことです。しかし、勝ち負けは戦《いくさ》の習いですぞ。たとえ千騎が百騎、百騎が十騎、十騎が一騎になるまで大将軍たる人の策に従うのが武士《もののふ》の習いです。まして、まだ味方の軍勢は百分の一にはなっておりませんぞ。そんな時、なぜ御命を自ら失くそうとなさるのですか？」

泰時は、

「思うところがあるのだ、放せ！」

と、鞭で春日の腕を打ち、離そうとしたが、春日は全くひるまない。

そうしている間に、二人の只ならぬ様子を見た百騎余りの者たちが集まってきて川岸へ進み、泰時の前方を遮り、彼の行動を押し止めた。

泰時一世一代の不覚だ。あとにも先にも、これほど興奮し、思考を失う場面はなかった。

このあと、ようやく、数の上で勝る泰時の幕府軍は宇治川渡河に成功したのである。

☆

唐突だが、宇治川渡河をめぐる戦いは、三浦義村の話にも出てきたが、過去にもあった。源義経の、いわば初陣ともいえる宇治川の戦いだ。四十年前の戦いと今回のことは、状況が違うので一概には比較できないが、源義経と北条泰時という全く対照的な指揮官としての資質を考えてみたい。もっとも、戦いの天才である義経との比較は泰時に気の毒だとの思いはある。だが、それでも、それぞれの持つ能力の適・不適が一生のうちで、どういう場面で発揮されるものなのかを考える一助にしたい。

義経の時は、雪解け水で水量が多いという理由で流れは激しい時期だった。それから、泰時の場合と違い、敵はさほど警戒していない。軍勢は、兄の頼朝から借りた兵たち千騎ほどだったという。泰時の場合は大軍だ。何万という数だ。しかし、敵も十分に準備する時間はあった。

ただ、ともに初陣というに近い戦闘経験だった。義経は文字どおりの初陣である。しかも、兵は借り物で、気心が知れた部下は奥州から連れてきた十人足らずだ。他は皆、義経の力など信用していない者たちだ。義経にとっては正念場だったろう。泰時は和田合戦にも参加しているが、自己の最終決断力をもって挑むのは、この宇治川の戦いが初めてだった。

また、性格的な違いだが、義経は軍事的に最も有能な指揮官でありながら、他人の心を思いやるということがなかった。例えて言えば、戦いは常に鋭い刃を飲み込んで、自分の舌と胃袋で血の味を確かめているようなものだった。

泰時は、それとは正反対の資質を備えている。いつも他を思いやる心が先に立っている。戦いの専門家である武将としては大成しない性格だ。だから、戦場という異常な状態の中で、本能ではなく、努力で学ぶ以外なかった。これは世間一般で生活する人々と同じである。つまり、我々凡人に通じる。

義経は逆だ。平和な世であれば彼の才能は発揮されることはなかったろう。乱暴な言い方だが、おそらく大犯罪者になるのが落ちだったかもしれない。

義経はいつも先頭を行き、周りの思惑は無視し、我を通していく。そして勝つ。非常時における良き独裁というのは誠に正しい。泰時は逆だ。戦いでは無策だ。だから鮮やかさはない。しかし、部下からは慕われた。他の部隊に配属された者ですら、わざわざ泰時の所に変更を願い出たということもあったのである。

この違いこそ二人の才能の持ち味だろう。しかも、歴史は二人に、それこそ『適材適所』を与えて、名を末代まで残してくれた。不思議なものである。

☆

宇治川での戦闘は何とか成功した。北条時房の軍も、勢多の戦いで大軍をもって攻め、京をめざして進撃していた。

こうして、泰時・時房が率いる幕府軍は六月十五日に入京した。一挙に京へ攻め込んだ軍勢は、もはや統率が効かないほどに荒れていた。兵たちは目につく全ての人や物を切りつけ、それは戦闘に関わりのない民にまで及んだ。

人々は思った。保元・平治の乱の時でもこれほどの恐ろしさはなかった。武士だけが戦い、我らは見物しているだけだったが、今度は違う。関東の兵どもは見境なく首を求めて駆けてくる。

京の街は大混乱となった。なぜこうなったのか。保元・平治の時は、それぞれの武士団が、皇室内の勢力である『院（上皇）』と『天皇』方に分かれて、その命令で配下の武士たちが戦った。しかし、今度は『皇室』対『武士』の戦いだ。幕府軍がめざす攻撃目標は京の中心である院、つまり皇室そのものであった。武士政権と皇室の政権という、全く異質の政権同士が争っている。幕府側は、今までのように使役されて戦っているのではないという自覚があった。だから戦いの勝者は、敗者を徹底的に滅ぼすまでの冷酷さとしつこさがあった。

しかも、今まで心の中で畏怖・恐怖感を抱きながら院の軍と敵対してきたのに、現実にはいとも鮮やかに打ち破ってしまった。それまでの想いとの格差が兵たちの無軌道な行動となった。自分たちの実力を改めて認識し、院に対する劣等感を捨てたのである。そのように変質した関東武士の軍勢が京に入り、情け容赦のない攻撃の仕方を当初はしていった。

もはや、泰時の思い描いてきた、整然とした秩序ある形にはならず、興奮状態が止むまで、軍勢は、京の街を徹底的に破壊しようとする凶暴さを露呈したのである。

（四）始末

六月十五日、幕府軍の攻撃は夜になっても続いた。官軍（京方）の宿所に火が放たれ、都は目を覆う惨状となった。兵士たちが辻々にあふれ、敵と思われる兵を捜しては首を斬っている。京方の兵は戦うことなく逃げ惑った。兵ばかりでなく、重臣たちも次々に捕らえられ、この様子では皇室まで一気に滅ぼされてしまうのではないかと思われるほどだった。

少し時間は戻るが、十四日の夜半から十五日早暁にかけて、御所に敗報を持ってきた藤原秀康、三浦胤義、山田重忠らが、

「敵をここで待ち受けて、討ち死にします」

と、訴えると、院の返事は、

「おまえたちが御所にこもれば、関東の武士どもが打ち囲み、こちらまで攻め込んでくることになる。だから、おまえたちは今すぐに何処へなりと退け」

との、武士たちにすれば何とも情けないことになってしまった。

「こんな大臆病の君に我々は従ってきたのか。何とも自分が情けなく、口惜しいことだ」

と、三浦胤義などは自嘲している。

この時の院の態度についてはいろいろ説明が必要だ。元来、帝の姿勢は以下のようである。戦闘自体は武士の仕事で、自分に責任はないという感覚を当然の如く持っている。一見すると卑怯なことと思うのが普通だが、帝王として責任への自覚が欠如している以上、罪の意識はない。死に場所を求めて、共に戦いたい武士たちには命運を預けられないのである。

その日の朝、後鳥羽上皇は、勅使小槻《おづき》国宗という者を使者として北条泰時の陣営に派遣し、院宣を渡した。

その内容は以下のとおりだ。

「今度の合戦は私が起こしたものではない。謀臣らが企てて動いたことである」

さらに、

「洛中での東国武士の乱行を停止すること」

も、記されていた。

この内容を、院は本気で書いたのだ。どうにも武士にとっては考えられない帝王の識見だ。

しかし、それほど後鳥羽上皇の思惑どおりにはいかない。戦争責任は誰にあるのか、幕府側の認識は明白であった。これから、その追及が始まる。

☆

六月十六日、北条泰時・時房は六波羅に入り、さっそく鎌倉に、戦い終結の報告をするため使者を送った。そして、翌日から戦後処理が始まったが、すでに前日、三浦胤義父子共に自害したことが知らされた。

胤義は、院の協力を仰ぐことに失敗したのち、藤原秀康らとは別れ、東寺に一時立てこもった。だが、敵が次々に現れて合戦となった。多勢に無勢の、圧倒的な武力の違いに耐えられず、そこを脱出した。兄で、幕府側の三浦義村の陣に向かったのだがかなわず、やがて追いつめられ、西山の木島《このしま》というところで自害した。

この行動についてだが、『承久記―慈光寺本』のみに記されている内容は、胤義が兄に助けを求めたのではなく、自己の心中を、自分からの誘いを受けなかった兄に伝えようとしたからだという。三浦胤義の名誉のためにつけ加えておく。

以後、幕府軍による官軍（京方）の掃討が続けられたが、二十三日に泰時からの戦勝報告を受けた鎌倉の北条義時は、さっそく占領政策の骨子を作り、京に送った。

――院には、後鳥羽上皇の兄であられる守貞親王を定め、皇位には、守貞の三男茂仁《ゆたひと》親王を据えるように。

本院（※後鳥羽上皇）は隠岐へと流し、六条宮や冷泉についてては、泰時が適切に判断してお流しするように。

また、戦いに参加した公卿・殿上人は関東に下し、情心を抱かず頸《くび》を切るように。そして、都での乱暴狼藉停止を優先するように。この指示を破り、狼藉した者は、鎌倉側であろうと頸を切るように。――

☆

この指示のうち、後鳥羽上皇についてては、のちほど触れることにするが、その前に、実質的な戦争責任者である公卿たちについて述べる。全体的には限定された人数に絞られた。これは、早く平和を取り戻すことを優先した措置であった。

名が挙げられた者たちのうち、六名が中心とみなされた。藤原光親・藤原宗行・源有雅・藤原範茂・坊門忠信・一条信能である。その他は三十名以上にのぼる。ほとんどは斬首となったが、坊門忠信は、実の妹が故源実朝将軍の妻ということで許され、佐渡に流された。

僧侶出身で、京方の参謀格的存在だった二位法印尊長という人物だが、逃亡し続けた。他の者たちは年内（※一二二一年）に捕まり、処罰されたが、尊長一人が捕縛されなかった。やがて、六年も経った安貞元年（一二二七年）六月のこと、京都街中の家で見つかって自害した。その時、ある不気味な一言を残したが、それについては別の章で触れることになる。

武士たちについては厳しかった。特に御家人、つまり鎌倉から恩義を受けながら京方に味方した武士には容赦しなかった。梟首だ。しかし、京方に味方したのはそれぞれに事情があり、実態としては、院と幕府の板挟みになっての参加者がほとんどであった。

☆

ここで三つほど京方の処置について、泰時の心がよく出ているので、記してみる。まず勢多伽丸《せたかまる》のことだ。

西面の武士（※北面とともに院を守る武士団）の一人で佐々木広綱という者がいて、梟首となった。勢多伽丸はその四男で、まだ十四歳だ。しかも、戦いには参加せず、得度して仁和寺に入り、寵童として暮らしていたのだが召し出されたのである。

泰時は少年を見て、助けようと思った。

介添人が泰時に言う。

「父である広綱の重罪については何も弁明することはできないが、この童は寺の門弟として暮らしているだけで、罪に服すのは憐れである。何処かに身柄を預け置かれたい」

泰時はその願いを承知した。ところが、少年の叔父にあたる佐々木信綱（※宇治川の先陣争いで活躍した幕府軍側の強者）が不満を訴えた。彼は少年の父である佐々木広綱の弟だが、仲が悪く、今度の戦いでは敵同士となっていた。泰時としても、大手柄のある信綱の声を無碍《むげ》に断るわけにもいかず、改めて少年を呼び直して信綱に与えたところ、梟首となった。

二つめは藤原光親卿のこと。すでに斬首となったあとだったが、調べてみると、後鳥羽上皇にしきりに諫言して、義時追討を止めるよう努力したことが判明した。そのことを知って泰時は、後悔すること一方《ひとかた》ならぬ思いがあった。

三つめ。清水寺の僧、敬月のことだが、宇治川の合戦で京方に参加したので厳罰に処することになった。ところが、一首の和歌が泰時の目にとまり、減刑された。その内容は、『勅なれば身をば捨《すて》てき武士《もののふ》の　やそ宇治河の瀬にはたたねど』

やむを得ずという意味が泰時に伝わり、粋なことと判断したのだろう。

京方の幹部たちは、六月中旬から十月初旬まで、約四か月の間に刑が執行された。斬罪の多くを京の中で行うことが決められたが、泰時は、御家人はともかく、公卿たちの公開処刑は、京に住む人々の動揺が予想され、のちの占領政策に悪い影響を与えるのではないかと懸念した。その結果、鎌倉への護送途中での執行とされた。

☆

さて、後鳥羽上皇の隠岐往きのことである。

七月六日、上皇は今までの御所から、洛南にある離宮の鳥羽殿に身柄を移された。幕府軍の兵士が厳重に離宮を取り囲んでいる。

七月八日になると上皇は出家し、法名を金剛理として、あとに残る似絵が描かれた。

翌日の九日には、新しい天皇の後堀河が位に就いた。

十三日、いよいよ隠岐に出立する日となった。罪人用の逆輿《さかごし》に乗せられ、供をする者は数人のみ。この中には、乱の原因ともなった亀菊もいた。摂津（※大阪付近）・播磨（※神戸付近）と海沿いを行き、明石から北上した。中国山地を越えて、日本海側の出雲に着いたのが七月二十七日。ここから船で海を渡り、隠岐へと向かったのである。

あの自我の強い、誇り高い後鳥羽上皇の心境は如何様であったろう。もう後戻りのできない後悔で悲嘆にくれていたかもしれない。何しろ、まだ四十一歳という働き盛りなのである。京にいる母に宛てた和歌がある。

『たらちめの消えやらでまつ露の身を　風よりさきにいかでとはまし』

以後、十九年（※満十八年）にわたる隠岐での生活は、後鳥羽上皇にとってどのようなものだったのだろう。

☆

隠岐の地形は、大きな「島後《どうご》」という島と、小さな島々の総称で「島前《どうぜん》」がある。郡としては知夫《ちぶ》・海士《あま》・隠地《おち》・周吉《すき》の四郡からなる。

院の在所は、島前の海士に属する入江の奥に設けられた。そこにある源福寺が御所となった。御所といっても、

「海水岸を洗い、大風木をわたる事、もっと烈しかり」

と、承久記にもあり、粗末な建物であった。ここで後鳥羽上皇は二十年近く住み、生涯を終わることになる。

絶望の中だが、それを超然と受けとめようとする決意もあった。有名な和歌を載せて、この章を終わることにする。

『われこそは新島守よ　隠岐の海の荒き波風心して吹け』

九　六波羅にて

承久の乱が終結し、その後始末と体制の立て直しの仕事が急務となった。わかりやすく言えば、適確な恩賞の分配と京都及び西国の政治体制の整備だ。いずれも難題である。利欲がからむので、その調停と決定は一つ間違えば新たな争いが生まれる。したがって、指示する者の手腕しだいなのである。京都占領軍総帥、北条泰時の双肩にかかる責任は重かった。

泰時にとっては経験したことのないことばかりであり、正直なところ不安のかたまりと言ってよいだろう。今まで、自分の領地での民の育成や鎌倉での御家人たちの諍いの解決、さらに、いくつかの合戦を通して人間の強さや弱さを知ったこと、何より自分の弱さを知り、他からの助けの大切さを学んだことが彼の成長となった。そうは言っても泰時の不安は大きかったが、叔父の北条時房が傍にいてくれるのが何といっても救いであった。

承久三年（一二二一年）当時、数え年でだが、北条泰時三十九歳、時房四十七歳。二人とも働き盛りの年頃であった。遠方の鎌倉で総指揮をとっている執権の北条義時は五十九歳。すでに老年に差しかかっており、気丈にしてはいるが、後鳥羽上皇との戦いで精根を使い切った感があった。したがって乱のあと、京都の公卿たちの監視と勝ち取った膨大な荘園の管理、それに、敗北した西国の武士たちを新体制に組み込む作業は、もはや息子の泰時に託す他なかった。

☆

泰時自身は、承久の乱で武将として大きく成長はした。元々、部下の心を汲み、無私の姿勢が備わった彼は、この乱で、それだけでは部下の命を守れないことを体験した。

泰時に欠けているもの、それは他に対する厳しさだ。但し、無理にそれを行使するのは『両刃の剣』の危うさがある。へたに厳しさを身につけ過ぎれば争いの種を増やすことにもつながる恐れがあるが、逆に、厳しさがなければ人の上に立つ総帥としては全く落第となる。

叔父の時房は、そのあたりの泰時の資質をとっくに見抜いている。そのため、今まで岐路に立った時は、泰時に遠慮のない助言をしながら乗り切ってきた。泰時も、この齢《とし》の近い叔父を頼りにしている。時房から見れば平素頼りない面も感じる甥だが、一点だけ自分が叶わないものがあると日頃思っている。それは『人から慕われる』という資質だ。

今まで、兄北条義時の懐刀として謀略や政治交渉など裏面で活躍してきて、そつのない有能さを発揮してきた時房だ。彼がその気になれば、幕府を兄に代わって治めるぐらいのことは不可能ではなかった。それをしなかったのは、一つには幼少時代から行動を共にしてきた甥、泰時の世話役ということがあったためであろう。

泰時には複雑な生い立ちがあるが、父義時のあとを継ぐ北条氏本家筋の嫡男だ。父は明確にしてはいないが、主筋の源頼朝未亡人北条政子もそのことは認めている。

それに比べて、時房の場合は義時の弟であり、傍系だ。生きていくには義時・泰時を支える必要のある立場であった。そういう場合、仲違いする兄弟が歴史上多いものだが、北条時房と本家の間ではそれはなかった。相当賢かったというより、誠実ということが信頼関係を保ち続けたのであろう。あるいはまた別の理由があったのかもしれない。

これから話を進めていくうちに、その理由となるものが具体的な場面で明らかになっていくであろう。その手掛かりになるものを単的に言えば、北条泰時という懐の大きな『無私』を備えた人間に魅力を感じた時房が、己の人生を賭けた『作品』としての泰時像を作り続けようと決心したであろうことが察せられるのである。

☆

秋のある日、泰時は栂尾《とがのお》にある高山寺をめざして六波羅府を出た。従者とわずかな護衛をつけただけで、騎馬姿である。珍しく今日は大きな訴訟もなく、一か月ぶりの休日となった。日射しも秋にふさわしく穏やかで、枯葉が微風に揺られ、ゆっくり舞いながら落ちていく。

馬の背に揺られながら泰時は思う。このところ、日々人間の欲望が起因する浅ましさを見続けている。さらに、それが原因の訴訟を評定しなければならない立場の自分に心の方が過熱してきつつあった。

(どこかで、何か手がかりが欲しい)

そう思った時、あの日を思い出していた。そう、あの人と出会った時のことを……。

☆

承久の乱の終わり頃、まだ夏だった……。泰時率いる幕府軍が京都になだれ込み、京方の兵士を掃討し始めた時のことだ。

当時、兵士たちは大きな戦いのあとで殺気立ち、見る者、聞く者、人が皆敵に見えたことだろう。ふとした不審な態度や目付きが癇《かん》にさわるとすぐに詰め寄っていき、相手を斬った。また、ある建物の中が怪しいとなれば火をつけた。兵士たちはその炎の様子を見てますます精神を荒ぶらせ、行動が常軌を逸してくる。

京に侵入してきた幕府軍によって、そのような状況があらゆる場所で作られていった。敵軍はすでに戦意を喪失しており、中には甲冑・武具などを捨てて、町衆や農夫の服で変装して逃亡する者が相次いだ。間に合わぬ者たちは大きな寺社の領域となる山林・峡谷に飛び込んだ。このような事態の中、泰時の元に情報が入った。いつものことと言えばそうだったが、泰時は腰を上げ、『そこ』へ行く気になった。ある高僧が捕えられたというのだ。どこかで聞いた名だ。……明恵……。

安達景盛の率いる一隊が、栂尾の山中に敵軍の兵士が匿《かくま》われているのをつかんだ。すぐさま現場に急行して一網打尽に捕えたのだが、そこへ高山寺の僧が出てきて幕府軍の所業に難をつけてきた。無視してしまおうとも思ったが、後鳥羽上皇と関係する由緒ある寺の僧だということなので、安達の一存での判断は止めて泰時に報告してきたのであった。

高山寺は神護寺の別院として栂尾に建てられた。神護寺は源頼朝との逸話もある怪僧文覚《もんがく》が復興したことで有名だが、その孫弟子にあたる一人が明恵である。文覚が真言宗のため、明恵も当初の宗旨は真言であったが、やがて南都六宗の一つである華厳宗に変わった。

今、泰時は明恵に会うつもりで高山寺にやってきた。すでに明恵のことは、道すがら部下の話で確認してあり、どこかで聞いた名であるという記憶は、華厳宗の高僧で、後鳥羽上皇の覚えも久しいとのことを思い出していた。

泰時は明恵を上座に座らせた。この行為一つが明恵の心を開かせたともいえる。泰時は、この時すでに明恵に対して罪人を尋問するという姿勢ではなく、自分が下座に位置することで高僧の言葉から何かを得ようとしていた。

明恵の顔は一目見て異相と映った。右耳がないのである。若い頃、修行中に自らの姿を醜くするために耳を切り落したという。その明恵が言う。

「栂尾山は殺生禁断の地。鷹に追われて逃れてくる鳥獣もここに隠れて命をつなぐ。まして、この戦で敗れ、追手から逃げてきた兵士たちが木の陰や岩の狭間に隠れているのに、私がそのことを責められようと、彼らをあなた方に引き渡すことなどできない。

これは仏に仕える身としてやっていること。もしそのことがあなた方の方針の妨げになるというのなら、まず私の首を刎《は》ねてからにしてください」

泰時は、明恵の涼しげな眼差しから発せられた言葉に魅入られた。明恵の年齢を推し測るが、顔立ちからするとそれほど老僧には見えない。実は泰時より十歳ほど上で、当時は五十歳代の初めぐらいであったろう。

（この僧は本気だ）

と、泰時は感じた。

今、泰時が部下に、

「斬れ」

と命令すれば、明恵は潔く首を差し出すだろう。

もはや、この場での二人の立場は逆転してきたようだ。泰時は別室へ明恵を案内し、問答をしてみた。

泰時は鎧を脱ぎ、平服で烏帽子姿になっている。まず外の戦場の様子を、個室に入ることによって遮断した。

泰時はまず、礼儀を知らぬ兵士たちの狼藉を詫びるとともに、明恵に会えた喜びを告げた。この時、泰時の心は無警戒だった。激しい戦いの時間を過ごしてきた身として、心の均衡を保つことが難しくなっていたのかもしれない。

唐突に明恵に尋ねた。

「どうすれば生死のことを離れることができますか？　政治《まつりごと》を私心なく、理のままに行えば罰から救われるでしょうか」

これは、泰時にとってどういう意味をもった質問だろうか。宗教的な救いを求めて原罪を悔いているのだろうか。いや、そうではあるまい。当時の武士が信心を秘めることはまずなかろう。ここでは哲学としての生き方、ふるまいについての問いと思えばよい。

明恵が答える。

「理にかなわぬ振る舞いをする人が滅びるのはいうまでもない。しかし、理のままに政治を行っても罪を逃れられぬこともあり、生死の助けとなるなどとは思いもよらない。

だが、どうしても生死を免れたいというお心が欲しいならば、諸々の雑念を捨てて、ひたすら仏法を信じ、正しい政道を行われたら、良いこともあるだろう」

この言葉を受けてその場は終わった。泰時なりに明恵の言を、自分の立場としてならどうだろうと考えたが、もちろん具体性のある内容ではないので答えは出ない。だが、心のどこか奥の方で何かを感じてはいた。これが泰時と明恵の出会いであった。

あれから日が過ぎ、泰時は激務の中で訴訟や荘園管理、朝廷・公卿の監視、京都の警備等をこなしていたが、明恵を忘れたことはなかった。今日、ようやく自分の自由が効く時間が取れて、再び栂尾の高山寺に向かっていたのである。

☆

以下に述べるのは『明恵上人伝記』に出ている話なので事実かどうか疑わしい。しかし、このような趣旨のやりとりが両人の間でよく行われ、共感したろうと思われる。そして、泰時のこれからの政治のあり方に影響を与えたのは確かである。

まず明恵の、承久の乱についての姿勢だ。明恵の属する華厳宗は元々南都六宗の一つで、日本では国を鎮《まも》るための教えとして整えられてきた。そして、奈良時代に全盛を迎えた教えとしては鎮護国家、つまり、天皇の国を鎮ることが基本にある。そのことを明恵は次のように泰時に言っている。

「わが国にあるものは全て国王のもの。朝廷より、たとえ命を奪われようとも、それは拒否することは許されない。

それなのに、武力によって官軍を滅ぼし、太上天皇（※上皇）を遠島に遷《うつ》すなどは全く理に背く行為である。そのようなことをすれば天からの罰があろう。生半可の徳を持っていても天の災いを償うことはできない。

あなたの人柄を見ると、このように理に背くことをなさるようにも見えないのだが……。何としたことかと不思議に思い、お労《いたわ》しく存じている」

これに対して泰時は、以下の趣旨で答えている。

「理に背くことかもしれませんが、天下万民を助けることを最優先した結果です。もし罪が我が身に来るなら全て受けましょう」

さらに別の時の座談では、泰時が国を治める方法を尋ねた。もちろん具体的な政策を求めたのではなく、心構えを作りたかったのだ。

明恵は言う。

「国の乱れる原因は人々の欲にある。中心にあるあなたが、まずそういう欲の心を捨てられたならば国中の人々もその徳に引かれ、見習うことになるだろう。

国中の人々の欲心が深いと嘆く時は、それらの人々の罪ではなく、あなた自身の欲心が直っていないのだと自戒し、改められることだ」

明恵の話の中で徳のことはよい。しかし、『わが国は王のもの』と想定する考えは鎮護国家の仏教観である。たしかに明恵は、当時徳を持った高僧であり、物欲は捨てた人だったろう。だが、それは彼に限らない。むしろ、もっと強烈で、異質な価値観からの救いを説いた僧がいたのだ。新仏教と云われる浄土宗の法然、弟子の親鸞らであったが、明恵とは立ち位置が違う。支配者側ではなく、もっと下層の者たちを救う目線を持っていた。

　そのことを考えれば、泰時が望んでいた教えがどちらに傾くかは自明だ。人間誰しも自分の行動の正当性を肯定する方を選ぶものだ。僧と武士との間柄は宗家と弟子の関係ではない。そして、泰時の場合も信徒になったわけではなく、人対人のつながりの中で明恵個人に対して尊敬の念が生まれ、影響されていったのであろう。ただ、元々彼が持っている資質として、他に示す慈悲と己に課す空《くう》の心境は、自然に明恵が説いた仏法を受け入れることができた。

　しかし、これをどう政治に生かすかが課題であった。

☆

　六波羅府は承久の乱終結に伴い設置された機関で、長官を『探題』と称した。設置の目的は『吾妻鏡』によると以下のようだ。

「北条義時の牙・耳・目になり、国を治めるために考えを行き渡らせ、武家の安全を求む」

　その任にあたった初代探題が北条泰時と北条時房の二人だ。泰時は六波羅探題北方、時房は同南方に就任している。北方・南方とは京都東郊の六波羅領域内の北側・南側にそれぞれの館が存在したことに由来する呼称である。北方は旧五条・旧六条の間に所在したとされている（※高橋慎一朗「『武家地』六波羅の成立」より）。泰時・時房の頃は、まだ多分に乱後の混乱を収拾させることが大きな任務であった。

　承久三年（一二二一年）は、占領が夏から始まり、秋までは後鳥羽上皇を始めとする皇族・公卿・

北面、西面の武士や上皇側に味方した御家人、その他の武士たちへの処罰の労でかかりきりであった。

それらが済むと、次は関東から出向いた味方の者たちへの恩賞配分の事務が待っていた。三千か所以上もある膨大な面積の敵方荘園の配分である。実はこれが最大の難関だった。幕府の方針としては、戦勝者として敗者の荘園を得るのだが、それ以外の土地まで得ようとして、その地に元々いる荘園内の役人、つまり荘官たちとの衝突があとを絶たなかった。新たに権利を得た関東方の役人である地頭はおかまいなしに進出して、武力で土地を奪っていったのである。

泰時・時房は、これらを部下たちと一つ一つ片づけてゆくのだ。次々と訴えが上がってくるのは荘園の境界線の問題だったり、地頭の横暴など。ひどいのは『京方に味方していた』と嘘の訴えをして土地を収奪しようとする者まで出た。

主な件だけでも、

『紀伊国伝法院領の件』

↓そこは、かつて上皇側についていた僧、長厳が領有していた荘園ということで、守護がむやみやたらに乱暴をはたらく。

『若狭国国富荘の件』

↓祇園社領である丹波国では武士が荘官を追放し、そのことを非難した守護の命にも従わない。

『宇佐八幡宮領の件』

↓宇佐八幡宮領に武士や農民が入り込み、乱暴・収奪した件。

『紀伊国桛田《かせだ》荘の件』

↓寺社同士の問題。神護寺領である荘園を高野山の僧が横領している。

これらの問題が増えている事態は、承久の乱後の安定化を図っていく上で好ましいことではなかった。地方の武士の暴力行為で社会が無秩序化され、命令にも従わない者が増えてきている。

☆

しかし幕府の方針としては、この際徹底的に旧勢力である公家を滅ぼそうとは思っていない。それほど余力も見通しも持っていないのである。実際に、大多数の公卿や寺社は承久の乱の時、院の誘いには乗らずに中立の立場をとっていたので、それらを滅亡させる口実は幕府にとってはなかった。その上、これらの旧勢力、特に寺社は莫大な領地を持ち、僧兵という軍事力を備えているのだ。今の幕府にはそれらを攻撃する実力は持たなかった。

したがって、幕府の方針としては、公卿・寺社・武士たちの調停者になり、安定した政権を樹立することが重要だ。繰り返しになるが、決して旧荘園制を破壊して争うということではなかった。敵となった者たちには厳罰を以て処置したが、それ以外は最小限に押さえる。つまり現状維持こそ望むところだったのである。

こういう戦略を進める上で、最前線にいる司令官の泰時と時房の役割は大きかった。

☆

泰時や時房の担った御家人たちへの論功行賞は、結論を言えば適切なものだった。もちろんすっきりとはいかなく、乱後十年以上もかかったのだが……。そのために御成敗式目という、長らく武家法の手本となる法を作る苦労があったのである。

ここで、ある論功行賞の失敗例と比較すればよくわかる。それは、のちに鎌倉幕府を滅ぼし、新時代を一時期成し遂げた後醍醐天皇のやり方だ。

活躍したのは武士たちである。彼らは本音の部分では鎌倉幕府そのものに不満があったから起ったのではなく、当時の北条氏のやり方に飽きてきたのに過ぎなかったのだ。

十三世紀後半に起きたモンゴル襲来の戦争で、全国の御家人らは前後三十数年にわたって戦時体制を解くことができなかった。北九州から長門（※今の山口県）の海岸地帯に兵を配置させ、その間に文永・弘安と、二度の襲来を撃退した。

戦功者に恩賞を与えるのは古今東西どこでも同じだが、しかしこの戦いは勝ったといっても新しい土地を得たわけではない。防衛戦争だったからである。幕府は困りながらも、国内の土地をやりくりしながら少しずつ与えたが、もちろん足らない。長い間の戦時体制で御家人たちの懐が窮迫しきっているだけに、不平はさらに痛切とならざるを得ない。当然、幕府への不信の念が生まれた。

こうして御家人たちの生活が苦しくなり、同族同士でも所領争いが頻繁に起こるようになった。そして、もめ事を幕府に訴えても、ない袖は振れないから未解決の案件が激増していく。そうすると泰時の時代（十三世紀前半）のようにはいかなくなる。賄賂が横行する時代となっていき、御家人も堕落していく者が増えていくわけだ。

こういう状況が鎌倉時代の後半の頃だ。後醍醐天皇が立ち上がった時は、後鳥羽上皇の時代と違って、易々《やすやす》と武士が皇室に味方したというのはそこの違いだ。つまり、武士たちは恩賞のために命をかける。それこそ『一所懸命』なのである。正当な手柄に対する恩賞を出せない政権（※この場合、北条氏だが）はいらないのである。

後醍醐天皇は時代の状況に助けられたわけだが、戦争に勝ったあとで大きな読み違えをした。北条氏という大族を滅ぼして多くの領地が恩賞地として生まれたのだから、与えるべき人の順番をまちがえなければよかったのだが、愚かな分け方をした。

ほとんど活躍しなかった皇族・公卿を中心に与えたのだ。しかも武士は、何とそのあとではなく、公卿の次には皇族・公卿たち御用達の白拍子やその他遊芸の者たち、衛府の小役人・官女・僧侶などに与え、ほとんど良い所はなくなったあとで武士にまわってきたのだ。いや、順番がきた者はまだよかった。訴訟を起こしても、解決する能力を持った役人（※公卿だった）などいなかった。

武士たちは、皆思った。

（こんなことなら、北条の時の方がましじゃった）

こういう読み違いのため、いわゆる『建武の新政』は二年で失敗し、武士である足利尊氏がまつり上げられることとなるのである。

☆

以上、長々と綴ったが、北条泰時の時代に戻る。

源氏でもない、本来将軍の部下の血筋である北条氏が政治の指揮をとり、承久の乱を乗り切って、その後百年以上も鎌倉幕府の時代が続くのは、北条氏がいかに武士たちの望むものを知っていたかに尽きるのである。

当時の六波羅府にもたらされた訴えを泰時がどのように処理したのか、それは具体的な事例としてはわからない。しかし、のちに泰時の、いわゆる『道理』で人を裁くやり方を身につけたのはこの頃であったろう。

道理とは、簡単に言えば当時の武士道徳（※注：のちに出る江戸時代の『武士道』とは違う）に基づく常識である。融通の効かない法理論ではカドが立つ場合でよく使った。『法』プラス『人間味』と思えばわかりやすい。

現代まで残っているいくつかの泰時の裁きのうち、人間性がよく出ている話を載せてみる（※『沙石集』より）。これも、おそらく泰時個人の説話というよりは、時房や他の人々の裁きが象徴的に描かれていると考えた方がよいだろう。

☆

九州の、ある地頭は、暮らし向きが思わしくなく、貧しいままに所領を切り売りした。長男は暮らし向きもよかったので、この土地を買い戻しては父に治めさせるということが度々《たびたび》であった。ところが、その父が死んだ後、遺産の土地はこの長男ではなく二男にそっくり譲られてしまった。

長男は鎌倉に上ってそのことを訴え、弟を召喚して対決に及んだ。しかし、弟が父からの譲り状を提出して正当性を主張するので、泰時はその場での裁決を避け、法律の専門家の意見を聞いた。

すると、

「兄は長男である。またよく仕えたという事実はあるが、元来、子が父に仕えるのは孝養の意味で当然である。奉公が重視されるのは他人の間柄にとってのことである。してみれば、父は何か理由があって弟に与えたに違いない。ならば、弟の申すところに道理がある」

と、いうことであった。

泰時は公の場ではこの意見を採用して裁決したが、終了後別室に兄を呼び、話をした。それは、このような孝行息子が報われないようでは御家人層の結束がおぼつかないと思ったからである。

「そのうち、領主の定まらない土地があったら任じよう」

と話して、しばらく自分の元に滞在させ、衣食のことなど面倒を見ることにした。

兄の方は、九州から妻とともに旅し、路銀も使い果たしていたのだ。すでに財産は弟のものになった今は、泰時の申し出を有難く受けた。
二、三年後、本国に欠員の土地ができて兄が拝領することになった。そこは父の遺産の場所よりも大きな土地だった。泰時は馬や鞍、その他の費用などを手配させながら、帰郷の準備をしている兄に、ふと気づいたように尋ねた。
「女房も連れて下る予定か？　それとも……」

兄は以下のように答えた。

「この二、三年つらい思いをさせましたので、連れて下り、大事にしたいと思います」

泰時は、

「りっぱなお考えだ。人というものは立身すると、苦しい時過ごした妻など忘れてしまうことが多いのに……。感じ入ることがある」

と言って、続けて、

「それなら、女房の出発の用意も援助しよう」

と、ことごとく手配して下賜されたのであった。
まことに泰時は人情に厚く万民を育《はぐく》み、道理のある真の賢人であった。

☆

以上、説話を載せて北条泰時の人柄を拾い上げたが、六波羅探題の頃の泰時は、そこまでいくための発展途上であったことは言うまでもないが、彼の『他を大切にする、バランス感覚の上に成り立つ』やり方としては、揺るぎない心が築かれていった大切な時期であったろう。

十　奇妙な事件

　この章では、北条義時の死から起こる、ある変事を記していくことになる。

『伊賀氏』という言い方の場合、その名の一族全体を指すのが普通だが、今回に限っては一人の女性の呼称として扱うことになる。その理由は、女性の名が『伊賀守《いがのかみ》藤原朝光の女《むすめ》』としか現代まで伝わっていないからである。そういうことは、日本の歴史上ではよくある。

　伊賀氏の方《かた》と敢えて『の方』を付けた方が馴染めるので以後そう呼ぶが、この女性は、泰時の父、北条義時の三番めの妻である。義時は、六十二年の生涯で何人かの女性と結婚し、多くの子を成したが、長男が泰時であり、その母が、本書では源頼朝と関係が深い間柄であったと想定して進めている。

　その、最初の妻とは死別し、二番めは源頼朝の口添えによる『姫の前』といわれる女性。四番めは伊佐朝政の女となっており、その他、側室がいた可能性もある。子どもは、わかっているだけでも十一人おり、そのうち男子は八人いるが、それらの母は二～三人ずつ異なる。そして、長男の泰時だけには同腹の弟妹はいない。

　今回の件で名が出るのは、義時の三番めの後妻である伊賀氏の方が産んだ男子で『政村』という名だ。当時二十歳の青年で、事件に本人自身の意思がからんだわけではなく、母と一族が企んだ中で重要な位置にあるとして一人歩きするのである。

伊賀氏の方の一族で伊賀光季・光宗という兄弟がいた。光季は承久の乱の時に京都守護で、その時死亡したが、弟の光宗は当時幕府政所の執事の地位にあり、いわば政所の実務責任者といったところだ。この者が一面で中心となる。それから、公卿で関わりが出てくるのが一条実雅《さねまさ》という者である。

以下、これらの名が、展開していく中で登場してくるので記憶にとどめていただきたい。

☆

泰時が承久の乱以後京都に滞在して、時房とともに世情の混乱を立て直すため奔走して、まもなく三年になろうとしていた。その年、元仁元年（一二二四年）の六月十三日、鎌倉では、父の北条義時が亡くなり、泰時の元には十六日に訃報が届いた。

すぐに帰る準備をして、翌十七日には京都を出発した。時房は二日遅れの十九日に出た。泰時も時房も、ここのところ義時の体調が少し思わしくないのは聞いていたが、命に関わる病とは認識していなかった。

二人は相談し、

（取り乱すことはしないようにしよう。今はまだ世が落ち着いていないからな……）

と、一人ずつ分かれて、粛々と出かけることにした。

京都から鎌倉までは、早飛脚の足で三、四日だ。泰時も六月十七日に京都を発ったから、普通なら二十日か二十一日頃には鎌倉に着いているはずだ。しかし、『吾妻鏡』によると、泰時が鎌倉にほど近い由比に着いたのが二十六日。時房とそこで合流したという。由比は鎌倉のすぐ手前だ。なぜ一気に鎌倉へ行かなかったのか。しかも、京都出発から九日もかかっている。

すでに、

(鎌倉で何か起こっている)

と、わかっていて対処したのだろう。

北条政子から直《じか》に密書も届いていた。

「鎌倉入府は、しばし待った方がよい。不穏な動きあり。理由《わけ》は追って知らせる」

泰時・時房は密偵を放った。その結果、戻ってきた報告に、二人は驚くとともに自重した。

(浮き足立ってはいかん。火のないところに煙が立ってしまう)

鎌倉の様子はこうだ。

父北条義時は、脚気、霍乱《かくらん》により体調を崩して、六月十二日には危篤状態となった。そして、翌日亡くなった。

泰時・時房が留守の中、十八日には葬儀を取り行い、二人が到着するのを待つことになったという。

しかし、なかなか戻って来ないので、以下のような噂が立っているというのだ。

(泰時が鎌倉に戻らないのは、政村ら弟たちを滅ぼすために兵を集めているからだ)

と、いうのだ。

泰時からすれば、根も葉もない噂だと一蹴できない事情はつかんでいる。北条政子からの情報もある。

☆

さて、相続に関してだが、そもそも北条氏本家の家督継承権を有する者は、泰時以外には弟の朝時・重時と政村がいるが、父の義時は、正式にはまだ泰時を自分の後継ぎにすると宣言していなかった。戦や事故での死ならそういうこともあろうが、義時の場合は病死だったという。しかも突然なことではない。少なくとも発病から死に至るまで何日間かあったわけだ。遺言がない状態ということ自体が不自然であった。つまり、本人が死を予期していなかったのではないかという疑惑すらあったのである。

そこからさまざまな黒い噂が立ち、幕府の支配下にあるあらゆる階層の人々の不安が増大していったのかもしれない。いや、その不安と思えたある事実が、本当にあったのではないか……と噂がますます潜航していった。

その黒い噂とは、義時の妻である伊賀氏の方を中心に、執権職を自分の子の政村に任じさせよう。それどころか将軍の座まで三寅（※のちの頼経）から奪おうとしている動きがあるという情報だ。

疑心暗鬼が続くことは、御家人たちの結束力に悪影響が出てくる。

☆

泰時は、そういう周りの情報とは別に、今、個人として父の死を考えることをしていた。父の生きざまを、子として改めて回想している。自分はあのように強く生き通せるだろうか……と考えるのである。

今まで父とは面と向かって話したことはあまりない。泰時が父のことを知る時は、少年時代からほとんど他の人たちの話からだった。
父は、息子には喋《しゃべ》らない人だった。しかし、いつも自分のことを後ろで見ていた気配は感じていた。それは、ごくたまに父に呼ばれると、驚くほどに自分の行動を知っていることから思えたのである。泰時にとって恩人と言える人は少なくなかったが、幼少時代は母代わりだった政子の妹の阿茶局《あちやのつぼね》。そして、長じてからは叔父の時房だった。だが、何より父のことを一番よく知らせてくれたのは伯母、つまり北条政子であった。

——亡き将軍、源頼朝のこと。そして、夫であった頼朝の理想を受け継ぎ、そういう世を作ろうと奔走してきた政子から見れば、弟北条義時のこと、さらに甥の泰時に政子は何を願うのか。幕府創設期の考えを最も頻繁に、愛情をもって話してくれたこの伯母には、敬愛の言葉以外見つからなかった。そのような、今まで自分に関わった親族らについて思いを馳せていると、さまざまな人との話を交える中で、義時の今までの生き様が見えてくるように思えた。

義時の生きてきた時代は、まさしく新しい時代に引き継がれる激動期そのものであり、最大の危機であった承久の乱を乗り切って仕上げ、完結した人生だった。平安時代末期、北条時政の二男として生を受けたが、運命という舵が彼を歴史の表舞台に引き上げたのは、兄宗時の戦死によって北条氏の惣領息子になったことから始まる。ちょうど平氏の時代が傾き、源頼朝と組んだ時政が権力の場を作る時に青年期を迎えた。

その頃、泰時が生まれると、頼朝と義時の主従関係は、他の者に比べ非常に密度の濃いものとなった。このことについては、以前に述べた泰時の母との関係があったかもしれないが、多くは両人の思考法の共通点にあったのではないだろうか。そのことに主人格の頼朝がまず気づいて義時を重用した。それに応える形で、義時が頼朝の掲げた理想を学ぶことになったのだろう。

やがて頼朝亡きあとは、血みどろの権力闘争が幕府内部で起こるのだが、それらを経たのちに、頼朝の成し得なかった理想を受け継ぎ、現実の姿にしていったのは義時の力であったにちがいない。

梶原景時、畠山重忠、和田義盛、そして義時の父である北条時政、終生のライバル三浦義村。途中、二人の将軍の死にも絡むなど、陰口は多かったが一切言い訳をせず、強い意志力で物事に対処して果断に行動した。

最後には、当時としたらあり得ない皇室との戦い。このことも『自分たちを支えている武士こそ時代を動かしている』、それらを救うことが正しい道と固く信じていたから世の中が味方してくれたのだと思っていた。

この、鉄人のような父が亡くなった。しかし泰時が、しみじみと家庭人としての父を回想することは他人の前ではできない。今や、この国の『次の姿』はいったいどうなるのか、北条義時という独裁者の死で、世情は固唾を飲んで幕府の屋台骨を見ているのだ。

☆

泰時は腹を決めた。

（鎌倉に入る。それが先だ）

六月二十七日、由比に宿泊していた泰時、時房と足利義氏ら京都に出向いていた主要な御家人たちが、鎌倉の小町通りにある泰時邸に入った。通りは不気味な静けさを保っている。泰時と時房は二人で、警護の者が多数付いた義時邸へ出向いたが、異常な緊張が屋敷内には漂っており、伊賀氏の方には父の葬送の礼を述べるだけにして早々に自邸に戻った。

翌二十八日、泰時と時房は北条政子（※二位殿）の屋敷に呼ばれた。政子は二人を奥の居室に迎え入れた。そこには政子以外に大江広元が端座していた。

「京でのこと、ご苦労様でした。二人のおかげで、乱の後、何とか平穏な日常に戻りつつあるとのこと、お礼を申します」

そう言ったあと、政子は威儀を正して二人を招いた結論をまず伝えた。

「泰時と時房は、幼き将軍頼経公の後見として武家の事を執り行うように」

言われた二人は、ともに無言である。

政子は、傍にいる大江広元に話しかけた。

「二人から返答がないのですが、このことは時期尚早でしょうか？」

大江は、すでに示し合わせていたように答えた。

「今日までその決定が延びたことさえ遅いというべきです。執権殿（※義時）が亡くなり、すでに十五日も過ぎています。世の安否を人が疑っている時です。決定すべきことは早く決めるべきです」

政子がその言を引き継いだ。

「さて、話は義時の死のことになります。そなたたちにもよからぬ噂は耳に入っていることでしょう……」

「あいや……」

泰時はここで政子の言葉に割り込んだ。いや、止めた。

「伯母上、私は今何をするのが一番よいことなのかを考えております」

義時が死去したあと、世評はさまざまであった。泰時が、弟らを打ち滅ぼすため京都を出て鎌倉に下向したと、かねてから噂があり、伊賀氏の方の子である四郎政村の周辺は落ち着かなかった。伊賀氏の方とともに或《あ》る企てを持つことになった。伊賀氏の方には娘婿に一条実雅という公卿がいる。頼朝の遠い血筋を受けているその者を将軍に立て、自分の子である政村をその後見として執権にする。そして、実権は伊賀光宗らに任せようというのである。既に、秘かにであるが賛同した者もおり、今や人々の思いは分かれていたのである。政子は泰時の目を見ていた。時房の目も……。そして、二人は同じ考えなのだとわかった。

(さもあろう。この二人ずいぶん成長したわ)

「今日はここまでにします。この話が御家人たちに伝わるように流して様子を見ることにします」

☆

六月二十九日、泰時の長男北条時氏と時房の子、北条時盛が京都に向かうべく出発した。両人とも鎌倉の不穏な世情を感じ、父に、

「鎌倉に留まります」

と、言ったが、泰時、時房ともにその申し出を断った。

「世が鎮まらない時には京都の人たち(※公卿)の思惑がたいそう気になる。早く行って洛中の警護を万全にするように……」

そこで出発したわけなのだが、実は実際に京都に着いたのは相当に遅れたとの記録がある。ということは、順調には行かなかったのだ。鎌倉に残ったか、あるいは戻ったのかもしれない。

泰時は自邸を動かないようにしていたが、伊賀氏側の企みの情報を伝えに来る者がいた。泰時は冷静だ。

「それは事実ではあるまい。いたずらに騒がないようにせよ」

と、答えて使者を返し、全く驚く様子はなかった。

だが、これ以上疑心暗鬼に皆が陥らないために泰時は、

「必要がある者を除いて、我が屋敷に来てはならない」

と、近臣に伝えた。

☆

今回のことは『どちら』が発案したものなのかがよくわからないし、いや、そもそも、そういうことが本当にあったのか。単なる推測の域から発展した幻だったのではないか……という見方もないわけではない。どうも、食べた物が消化されていないような、すっきりしない部分がある。

ここで言う『どちら』というのは——計画があったとすればだが——伊賀氏の方が考えたのか、それとも、黒幕たる北条義時のライバル三浦義村の発案だったのか。どちらにせよ、義村が伊賀氏の方側に味方しなければ、到底勝ち目はないのだが……。

『吾妻鏡』によれば、七月五日の項にそのことが出ている。

「……伊賀光宗らが何度も三浦義村の元を行き来した。これは、相談することがあるのだろうと人は

怪しんだ。

夜になって光宗たちは北条義時の旧宅（※伊賀氏の方の住宅）に集まり、このことで心変わりはしないとそれぞれ誓った。

ある女房がひそかにこれを聞いて、密談の始めからは知らなかったが、様子が不審であると泰時に告げた……」

おそらく義時の死に不審な点があったのだろう。そこから発生した事件だろうが、古来義時毒殺説というものがある。その説に信憑《しんぴょう》性が出てきたのは、事件の二年後にある者の証言があったからだ。

承久の乱の時に京方の参謀役だった『二位法印尊長』という者が逃亡し続けていたのだが、安貞元年（一二二七年）四月八日に京都で逮捕された。その時のことである。潜伏先を踏み込まれ、自殺を図ったが死にきれず、六波羅府に運び込まれた。尊長は激しい痛みに耐えかねて口走ったことが、義時の死に大変な疑惑を生んだ。

「早く頸を切れ。もしそれがかなわぬなら、義時の妻が義時に与えた薬を我に喰わせて早く殺せ！」

これを聞いて驚いた武士たちが問うと、

「今死のうとする身で嘘など言わん」

と、言った。

伊賀氏の方による毒殺だというのである。

義時の死因について『吾妻鏡』では霍乱、脚気となっているが、これ自体は死を伴う病ではない。暗《あん》にだが、毒殺説が信憑性を持っていると考える専門家が現代も実は多い。

そう考えると、再び七月五日の記述に戻るが、先ほどの最初の部分である。

「……何度も三浦義村の元を行き来した……」

最初は、毒殺までは伊賀氏の方が発案したのかもしれないが、義村に持ちかけたあたりから、主導権は義村に移ったのではないか。

この様子を偵察によって感じとった政子が素早い反応を見せたのである。

七月十七日、子の刻（※夜中の十二時～二時頃）に政子は、供の女房一人を連れて三浦義村邸に出かけたと『吾妻鏡』にあるが、こういう常識はずれの時刻を選んだこと自体、非常の事態発生とわかる。

突然、寝静まった真夜中に訪れられた義村の狼狽ぶりが想像できる。三浦義村は、概して物事に対して緻密であり、先の見通しも利く頭のよい男である。そのため、今まで北条氏による御家人潰しの罠にも陥っていない唯一の北条氏の競争相手であり続けた。

しかし、緻密であるという長所が、場合によっては短所になることもあった。それは、想定外の事態への処置が今まで、結果として何度となく消極策となり、絶好の機会をものにできなかったことがあった。だが、それが一族存亡に関する原因として致命的であったかというとそうではなく、次の機会のために動ける範囲内の傷しか被《こうむ》らないようにした。

義村は、今までそういうことが多かった。

↓和田合戦において、一族の和田義盛の要請を受けず北条に内通した。このことを千葉胤綱は、三浦の犬は友を喰うと罵った。

↓実朝暗殺においての黒幕疑惑があり、その時は下手人公暁を証拠隠滅のため殺す。

↓承久の乱開始時において、弟の三浦胤義の要請を拒否して北条に味方する。
など……、偶然できることではない。今回もそうなりつつあった。

☆

北条政子の政治的地位は二位ノ局《つぼね》という。幕府創設の大功労者、源頼朝の未亡人なのだ。しかし、当時の政子は、夫を亡くして喪に服しているようなか弱い未亡人ではない。御家人たちから諸々の武士に至るまで、その激しく強い性格を知っており、今までの危急の折にも大黒柱となってきたことを誰もが理解していた。

その政子が三浦義村の元に突然来た。考えてみればすごい度胸である。不審者として殺される確率もある。だが、海千山千の政子だ。そういう状況を十分承知しながら、相手の義村の気を呑み込んでしまうために賭けに出たのだ。

近侍の者たちが出てきて端座する中を、政子はかまわず歩いた。決して元気な壮年ではないのだが、その時の姿勢は周囲の者を圧倒した。目が厳しく、火花を散らせたようにぎらついていた。

奥の部屋に案内された政子は、連れの侍女に外で待つように指示した。部屋で座っていた義村も、家来の者に部屋から出るようにさせた。

口を切ったのは政子からである。

「義村殿、余計な挨拶はせぬぞ」

「……」

「弟義時の死去により泰時が鎌倉に入ったあと、あちらこちらで見知らぬ輩が集まり、武具も備えていると聞く。どうも不安が満ち、世が静まらぬ。それに、そのことと関係があるのかどうか、四郎政村と伊賀光宗らがそなたの元に出入りして密談しているとの噂がある。これは何事か！　理解し難い。あるいは泰時を滅ぼして、意のままに事を行おうというのか」

「二位ノ局様、それは……」

「いや、まだある。最後まで言わせなさい。

去る承久の乱の時、関東の運命が治まったのは天命であるとはいえ、半ばは泰時の功績であろう。弟義時は、今まで数度の混乱を収めて戦いを鎮めてきた。執権としての力量は誰もが認めていたはずじゃ。そのあとを継いで関東の棟梁となるべきは泰時である。このことは誰も異論があるはずはない。よいか、泰時がいなければ、今後諸々の人はどうやってこれからの『御家人の世』の運命を永く続かせられるのか？

今、世上の不安の一つは、義村殿、そなたの動きだ。そなたは北条政村の烏帽子親であり、いわば親子のようなものじゃ。どうして双方の談合の疑いがないといえるか。そなたがもし相談されたのなら、泰時と政村の兄弟が争うことなく、無事であるように諫言すべきである」

義村は政子の激しい言葉をじっと聞いているようだったが、内心は混乱していた。

（いったい、どうしてこういうことになったのか、誰が漏らしたのだ）

義村は忸怩《じくじ》たる思いだ。

（またしてもか）

と、思った。

「そのようなことはありません。私には関係ないことです」

と、答えるのが精いっぱいだった。

政子の追求は厳しい。なお納得せず、

「政村を支えて世を乱す企てがあるのか否か、和平の計略をめぐらすか否か、はっきり申せ！」

と、重ねて言った。

義村は、もはや観念した。

「政村には全く逆心はないでしょう。しかし、伊賀光宗らには考えていることがあります」

政子が言う。

「ほう、そうですか。それでどうするつもりじゃ？」

義村は、それらに強く制止を加えると政子に誓ったので、政子はそれを確認して闇夜の中を帰っていった。

☆

翌日になって三浦義村が北条泰時邸に参上してきた。義村という人間の変わり身の早さである。昨夜、政子の激しい攻めの言葉を浴び、素早く動かないと身を滅ぼすと判断したのだろう。義村としたら、最初の思惑であった伊賀氏側の考えに傾く。しかし、政子に見破られたと判断した途端に姿勢を変えたのだ。

今までの彼の、何度かあった態度だ。以下の、泰時に述べた話はわざとらしく、自己保身が明らかである。

「故義時殿執権の時、私義村はささやかながら忠誠を励んだので、義時殿はその心をねぎらうため、御子である四郎政村の御元服の時、この義村を加冠の役に用いられたのでしょう。

さらに、愚息の泰村（※三浦泰村）が泰時殿の御猶子《ゆうし》（※泰時の娘と結婚。婿）となりました。その御恩を思うと、あなたと政村とのお二人のことについて、どうして好悪を存じましょうか。

ただ願うところは世の平安です。伊賀光宗はこのところいささか企むところがあるようでしたが、この義村が諫言を尽くしたので、とうとう帰伏しました」

三浦義村らしい身のこなし方だ。この時、義村が汗をかきながら落ち着こうと努めている様子だったが、それを聞いている北条泰時は、齢は若いのに、まるで三浦義村と逆転しているかのような落ち着きを見せていた。

平然として泰時は答えた。

「私は弟の政村に対して全く害を与えるような心を抱いておりません。何を理由に敵対することがありましょうか」

この時期、泰時は時々刻々と成長していた。不思議なことだが、承久の乱を境に彼なりに人の世の無常を知ったのだろうか。生と死、憎悪、愛情、冷酷……それらをいっぺんに体験した。また、乱後の後始末を担った京都六波羅での経験では、まさに人間同士の相剋を見て、それらを治める平衡感覚を学んだ。

今回の事件は、伯母の北条政子から事情を聞いていたが、今後のことを考えれば、事を大きくしたくなかった。いや、もしかしたら本当は、ありもしない影に踊らされているのではないのかとも思った。

どちらにしても、火のないところに煙は立たないという。伯母の政子が言うとおりに素早く対処して、そして被害を最小限にとどめるべく努力することにした。

その後数日間は、夜になると、いろいろな場所で武士姿の者たちが集まり、旗を上げ、甲冑を着て騒ぐようになった。人々の不安が表面に出始めたのだ。

三十日は騒ぎが頂点に達したようだ。今にも街中で戦闘になるのではないかと、各々御家人たちも、それぞれ屋敷内を厳重に守る態勢に入った。

政子も動いた。幼い三寅（※のちの四代将軍頼経）を連れて泰時の邸宅にいた。そして、三浦義村の元に次々と使者を送り、鎌倉の街中の乱れを鎮めるように命令した。さらに、義村自身を呼び寄せた。

乱れを煽《あお》っているのは誰なのかを政子は知っている。その張本人を放ってはおけない。手元に引き寄せようというのだ。使者の口上は厳しい。

「私は今、若君を抱いて泰時・時房と同じところにいる。義村も別のところに居てはならない。同じくこの場所に参るように」

受け取った三浦義村は断ることができなかった。

他の宿老（※有力な御家人）らも呼び、政子は時房を通じて、以下のことを御家人たちに命じた。

「上（※三寅）は幼少のため、ご自身では臣下の反逆を抑え難い。私はもはや老いた命を無理に生かしている有様で、たいそうな役にも立たないが……。

しかしながら私は思うのです。各々はどうして故将軍家頼朝殿のことを思わないのか。思っていれば、殿が願っていた世になろうとしている今、誰が異をとなえて蜂起するであろうか」

政子の強い決断で事は終わった。何だったのであろう、この騒ぎは。

☆

閏七月三日、政子主導で今回の件を正式に審議した。素早い動きだ。敵の屋敷はすでに包囲されていた。会議には大江広元、北条時房も参加している。

政子の結論は決まっている。最小限の仕置きをして、事件のくすぶりをなくすことだ。

以下のように発した。

「伊賀光宗らが一条実雅卿を関東の将軍に立てようとしたが、その企みはすでに明らかとなった。但し公卿については、鎌倉ではむやみに罪科には処し難く、その身柄を京都に移して、罪名のことを皇室にご報告して伺うことになる。

義時の後室、伊賀氏の方と光宗らについては流刑とする。その他の者は、たとえ一味の疑いがあっても罪科は行わない」

あざやかな、政子の完全勝利であった。

北条政村本人は無関係と見られ、何の罪もなし。伊賀光宗は政所執事の職を降り、所領五十二か所を没収。その後、信濃国に配流となった。

また、事件の張本人と見られた政村の実母、故北条義時の妻である伊賀氏の方は、伊豆国北条郡にて蟄居《ちっきょ》。十二月に病気となり、そして死去。どうも、何かあったと考えるのが自然であろう。一条実雅は、結局越前国に配流。京都に任せると言ったのは形だけであったのは言うまでもない。

表面上は、これで終わった。

☆

しかし、どうも解せないことがある。

伊賀光宗については、のちに配流が解けて鎌倉に戻り、重職を得て活躍している。また北条政村は、やがて幕府を支える人材となり、長生きして七代目の執権にもなっている。

どういうことであろうか。伊賀光宗らが本気で謀叛を企んでいたというよりは、政子・泰時らが不安材料を早めに除くために起こした事件のようにも思われる。

事件の図式としては、十九年前に起きた北条時政後室の『牧の方』の場合とよく似ている。あの時は、政子と義時姉弟が父の時政もろとも引退させているが、要するに北条氏と将軍候補者を擁する一族が謀叛を企て、それを現勢力が滅ぼすというものである。

それにしても、この事件に対して北条泰時はほとんど関知していない。政子や時房からの指示があったのだろうが、次の時代の中心人物になる泰時に、傷をつけずに処理するためであったにちがいない。

泰時自身は、いろいろな人に今回のことを聞かれたが、いつもとぼけたように、

「はて、そんなことはありもしない噂だよ」

と、受け流した。

これも事を大きくしなかった理由の一つだったが、泰時一流の和平への策の一歩でもあった。

十一　夢語り

伊賀氏の方の事件がひとまず片付き、同じ年の九月になると、故北条義時の遺領相続を巡っての案を北条泰時が発表した。事前に政子にそれを示したが、政子は一つ不審な点を見つけた。

「大方はよろしいでしょう。但し、嫡子たるあなたの取り分がたいそう不足していますね。これはどうしたことでしょう」

すると、泰時はこう答えた。

「伯母上、私は執権の職を承りましたので、それで十分です。私の政治《まつりごと》が拙ければ、いくら所領があったとて役にたちません。逆に、良ければ、何も持たなくても身は安全です。いわば、この国の全荘園と御家人全員に対して責任があると思っています。ですから、私事で兄弟が競い合うことを望んでおりません。所領のことも、ただ弟らに分け与えようと思うのです」

政子としては、上に立つ者として力を示した方がよいのではないかと思っていた。だが泰時の、思いもかけぬ相続案作成の理由を聞いて、成長して大きな器を身につけてきた泰時の心を知り、感動を押さえきれずに涙してしまった。

☆

その後、泰時の相続案を弟たちに披露した時は皆喜び、異議などは一つも出なかった。

泰時の、これから進めていく政治の方法は、目的は同じでも、今までの、源頼朝や北条時政、義時、そして政子などとは明らかに違う。力で強引に引っ張っていくのではなく、組織のバランスを作って各々の力をまとめていくというやり方だ。

十二月になると、泰時は改めて正式に『執権』としての志を表明する儀式を開くなど、自他ともに新時代に臨む姿勢を御家人たちに示した。

翌、嘉禄元年（一二二五年）の六月になると、政子が病に伏せるようになった。しばらくは一喜一憂しながらの日を過ごすが、同月十日、幕府創設以来の重鎮である大江広元が死去した知らせが届いた。七十八歳だった。政子の容態は、その影響かどうかわからないが、十二日あたりから悪化してきた。

十六日、一時意識を失うことがあり、泰時や時房ら主な者たち数人が集まったが、まもなく回復した。そして、その時政子は、寝所の侍女に命じて半身を起こさせ、驚いたことに話をし始めたのだ。

「みなさん、今日はこんな老いぼれの命を心配して、忙しい身なのに見舞ってくださり、申し訳ない。見てのとおり私も、まもなくみなさんとはお別れとなります。これからは、この泰時を盛り上げてくだされ。時房、特に頼みますぞ」

ここまで言って政子は疲れたようで、枕を背に横になった。

「みなさん、泰時とだけ少し話をしたい。申し訳ないけれど、席を空けてください。あ、いや、時房も残って話だけ聞いておくれ……」

政子の命の炎は燃え尽きかけている。若い頃から血色の良かった頬の赤味も丸みも今はない。ただ眼だけが生気を帯び、今生への思いを残しているようであった。体はもはや形骸となっている。

その政子が、うわ言のようにしゃべり始めたのだ。もしかしたら、夢うつつの中で亡き夫の頼朝と話しているのかもしれない。聞いている泰時や時房を見ているでもなく、話の反応を確認するのでもない。それでいて涙が時折出てきたり、あるいは微笑んでやわらかい眼差しになったりしていた。

政子には、

(このことだけは、生あるうちに太郎に知らせたい)

と、思うことがあった。

泰時の母のことだ。

だが、そこに行きつくまでの話は長い。

☆

――私は、頼朝公と出逢わなければ、荒ぶれた坂東（※関東）の気風の中で、一人の気の強い女として、自由気ままな一生を過ごしたろう。

そして、私の一族『北条』もな。父も兄も弟たちも田舎豪族の一人として、何も考えずに、楽しく過ごせたかもしれない。

そのことはよい。いくら話しても皆が知っているとおりじゃ。私が太郎に言い残しておきたいことは、やはり一つは頼朝公のことなのです……。ご承知のとおり、公は偉大ですばらしい業績を積んでこられました。そしてな、妻である私を大切にしてくれました。私のようなものを、本当に……。

けれど、公は、女癖が悪かったので、本当に困りました。関東の武家の習慣では、結婚したら一人の夫に一人の妻が常識です。しかし、公は幼少の頃から京都住まい。半ば公家の習慣を身につけてお育ちになりました。立ち居振る舞いの優雅な様子は太郎も覚えているでしょう。

ただ、公家風という習慣の中には一夫多妻、あるいは通い婚が普通のこととしてあったのです。公が気に入られた女性に言い寄ることは、たとえ自分に妻がいても、何も悪気などなかったのです。これには、私もほとほと参りました。

私は、相手を見つけるなり攻撃し、追い落とすことをしてきましたが、それらのことで頼朝公も周りも、私を鬼のように気性の荒い女と決めつけました。そう思われてもしょうがないとは思います。

他愛もない話になってしまいました、太郎。しかし、この老いぼれの話は先行きだんだん面白くなってくるから、まあ、がまんして聞いておくれ――。

☆

なぜ、泰時に頼朝公の浮気話から入ったのかといえば、それはある哀れな女性、泰時の母の話を正しく伝えたいという思いからだった。

泰時の母が、政子にとってはどう思われていたのか。実はその女性が亡くなってから知り得たことなのだが、夫の頼朝が愛した女性だった。自身はその悲劇的な運命を呪うことなく、日陰で目立たないように生きてきた。

しかし、もし人生の神がいるとすれば、何というイタズラなのか。めぐりめぐって、最後に泰時という、やがて稀有な力を持つ子を産んで……生を終えた。

政子は、普通だったら激しく嫉妬し、それこそ何をするかわからぬほど乱れたに違いない。だが不思議なことに、この女性に対しては全くそういう心が起きないばかりか、愛しいほどの同情心を持ってしまったのである。

なぜなのか。以下の話はどうだろう。

少し戻るが……。

☆

――私が頼朝公と知り合う以前のことです。公はまだお若かった。

頼朝公は少年の頃、京都で父（※源義朝）を失い（※平治の乱）、逃亡したが捕まってしまいました。平清盛の裁決により伊豆で流刑の生活を送るようになりました。十四歳の頃です。厳重な監視の中で、毎日写経などして過ごされたとのこと。公のおとなしい生活状況を見て、監視もゆるみ、十数年が過ぎていきました。

公は一人の女性と好き合うようになりました。やがて、この女性との間に子どもができました。可愛い男の子だったようで、世話をする侍女たちからも評判だったとのことです。

しかし、運命というのは残酷なものでな……。いろいろなことがあり、公と女性の仲は、その女性の父親の逆鱗に触れて、別れさせられてしまいました。しかも、男の子は狩野川に沈められました。可愛い盛りの三歳の幼児が母親の手から奪われ、殺されたのですよ。

☆

――頼朝公は、その後北条一族にめぐり会い、やがて私と知り合うことになりました。そして、それからは平氏との戦いに華々しく勝っていき、天下を治めていくようになったのですが……。子を殺され、夫と引き離されたその女性はどうしたと思いますか？　彼女は死のうとして、何度かそれを試みたようです。

「伯母上……、私もそのことはうすうす存じております」

泰時が政子の耳元で腰をかがめて言った。

――彼女の身の振り方は父親の一存で決まりました。知り合いの、ある一族の分家に年若い独り身の武士がいたのを幸い、都からの隠れ蓑にもなると思ったのでしょう。結婚させてしまった。彼女はその時十九歳。相手はまだ十四歳という、子ども同然です。

この、夫婦とも言えないような二人の仲は、初めの頃は、当然ながらうまく行きませんでした。だいたい、話も噛み合わない。深い恋愛を経験し、その歓びを知った女性です。それなのに、夫となった者はまだ人生経験も乏しかった。体は大きく、見かけは大人のようでしたが……。それだけならまだしも、女性は自ら産んだ子どもを父親（※子から見れば祖父）に殺された経験を持つのです。奈落に落とされたこの女性にかける言葉は、夫になった若者にはなかったでしょう。それでも双方が形の上で一緒にいたのは、やはり、お互いの努力なのかどうか、何か通じるものを作っていったのだと思われます。

私はというと、その女性と頼朝公の事件があってからしばらくして知り合うようになりました。それらの経緯《いきさつ》はすでに聞き及んでいることでしょうから話しません。

いろいろなことがあり、私と頼朝公は結婚することになりました。非常な決意が必要な事態でした。

そして頼朝公が起ち上がることになり、北条一族も新たな運命の中、世に出て行ったわけです。騒然とした時代でした。兄の宗時が戦いで死に、思いもよらず惣領となった弟の『江間四郎義時』が呼び戻されたのです。まだ十八歳の頃でした。

激しい平氏との戦い。義経公とのこと……思い出します。そんな中で生まれたのがあなたです、太郎――。

「はい」

と、だけ返事をする泰時。

――私がそなたの誕生を知り、同時にあなたの母の死を知ったのです。やがて、いろいろなことがわかりました。そなたの母のことが……。頼朝公も愕然《がくぜん》となりましたのでその理由《わけ》を問うと、公は、その女性のことを私に話し始めたのです。

今まで浮気の多かった頼朝公ですが、その女性のことを話し始めたのは、私に真の愛情を知らせることとわかったのです。不思議に嫉妬はありませんでした。いや、むしろその女性のすばらしい生き方……、私とは正反対の生き方に感動してしまったのです。

☆

――太郎、あなたの名は『泰時』。これは私が与えた名です。成人の儀式の時にあなたが頼朝公からいただいた名は『頼時』でしたね。それが不遜にも、公がお亡くなりになったあと、何年経った頃かしら……。頼家が亡くなったあとの頃でしょう。夢の中で頼朝公が出てきて『泰時』って……。誰のことを言っているのか私にはわかりました。太郎頼時のことと。

訳《わけ》ある出生の太郎で、しかも父の義時とは違っておとなしい。頼朝公は傍にあなたをおいて、資質をよく見ていたのだと思います。だからこそ、公はご自分の名の一字『頼』を与えたのです。

その後、頼朝公ですら予想できないような激変する事態がどんどん進みました。たび重なる戦と、さらに悪天候が追い打ちをかけて、民は飢えていました。誰もが『泰平の世』を望んでいたのです。幕府の次の時代を背負う太郎に、今までより大きな望みを託すため、これ以上の重荷になる名はないでしょう。それをあなたに冠したのです。『泰時』と。

頼朝公の意志を貫くためにも、あなたには泰平の世を作ってほしい。いや、それはあなたにしかできないことかもしれません。私や義時では到底できません。

☆

私の命は、もはや尽きようとしています。もう何しろ、生きる気力がないのです。

いろいろなことがありましたが、ここ数年は自分の一生を呪い続けていました。だって、考えてもみなさい。頼朝公と一緒になってから今まで四十余年もの間、私は家庭人として夫を、子どもを愛し続けてきました。その間、一日だってその人たちの不幸を願ったことなどありはしなかった。なのに……。

大姫、三幡、頼家、実朝、そして公暁――。

それらの子どもたちは、私の願いとは裏腹に、どうして不幸な死を急いでしまったのか。これが、日々彼らを愛してきた代償なのでしょうか。いったい、私の人生は何だったのでしょう。

たった一人、とり残されてしまったのです。他に誰もいなくなってしまった……。ひとりぼっちなのです。

太郎……。そういう気持ちだった私に、最後に希望を与えてくれたのがあなたでした。わかりますか？　私の言葉の意味が。あなたは前執権北条義時のまぎれもない長男（嫡男）ですが、それとともに、頼朝公が愛した女性の子でもあります。そして、この政子の、たった一人尊敬できる生き方を貫き通した女性の子どもなのです。

あなたの優しい性《さが》、鷹揚《おうよう》さ。今までの北条一族にはなかった特質を思う存分使って、幕府のこれからのことをお願いします。もう脂ぎった戦いは必要ありません。あなたの苦手な戦はいらないのです。これから必要なのは、あなたの持っている誠実さと人を許すことができるあたたかさです。

あなたならできます。そう思うと、ようやく私の生きてきた意味がわかってきたのです。そう、私は泰時という執権に時代をつなぐために命を長らえてきたことに気づいたのです。

ありがとう、太郎。そして五郎（※時房）よ、力量のあるあなたには申し訳ないかもしれないが、最後まで太郎を助けていってほしい。

☆

七月十一日の丑の刻（※午前二時頃）、政子は亡くなった。六十九歳の生涯だった。幕府にとってはシンボル的な存在を失ったが、北条義時死亡時の混乱をみごとに解決し、平和のうちに政権を泰時に渡した。波乱の多かった一女性として最後は安らかだったのではないだろうか。

十二　始動

嘉禄元年（一二二五年）の七月に北条政子が没してから、泰時は、その人柄の印象から来る鷹揚で憎まれない特徴を活かして組織改革を成功させていった……のだが、当初、歩みだすまでには、内面のもっとも軸になる部分の葛藤と、ある確認が必要だった。

それは、執権として、

「天下を治める覚悟」

の、自己の葛藤と、

「共に歩む同志」

と、なるかどうかの確認だ。同志とはもちろん北条時房を指す。

☆

政子の葬儀が終了して数日が過ぎた頃、泰時は、今は時房が仮に居住している旧北条義時邸に赴いた。

（何より時房叔父と話したい）

と、思っている。

不安なのだ。

泰時は策を弄さず素直に、単刀直入に言った。

「叔父貴、今後のことを二人で考えたい」

「うむ、わかっている」

時房には、泰時が何をしに来たのかが大体見当がついている。長いつき合いだ。顔を見るまでもない。そして、この、人の良い甥の、相変らずの甘さについても……。時房は釘を刺す。

「考える前に、おまえに確かめたいことがある」

「はて、何でしょう？」

泰時は、時房が何を言い出すのか測れないまま訊いたが、時房は衝撃的なことを語り始めた。

「わしのことを今後も信用できるか？　今までとは状況が違うぞ。兄の義時はすでに死に、尼将軍と云われた姉の政子も亡くなった。

おまえが執権になったとはいえ、その政権の基礎はまだ固まっていない」

確かに、鎌倉の街路の辻々には、最近得体の知れない連中が増えて、刀や槍、鎧を扱う露店が出ている。戦いを予想しての庶民の反応だろう。

時房が続ける。

「まわりは敵だらけだ。特に三浦の爺（※義村）に気をつけろ。息子の泰村はおまえの娘婿だが、それだけでは油断はできん。あの爺さん、必ず狙うぞ、北条を……」

泰時にもそのことはわかっている。今は相手をあまり刺激したくない。様子を見ながら……と思っているが……。

時房の、常軌を逸したとも思える泰時に対する発言は次の一言から始まった。

「そしてな……、義村よりおまえを倒せる位置にあるのが、誰だと思う？　わしだ。この時房だ」

何ということを……と泰時は思った。冗談にしては言い過ぎだと腹が立ってきた。

時房はかまわず続けた。

「京の公家どもや、幕府の動揺を望んでいる西国の武士たちは、わしが立ち上がるのを待っている」

これは、実は本当のことだった。かつて、承久の乱が勃発した時も、時房の元には後鳥羽上皇からの誘いがあったのだ。

「どうだ、こういうわしを、おまえはこれからも信用するのか？　それとも、ひと思いに、傷が広がる前に仕留めた方がよいのではないかな？」

これに対して泰時は腹蔵なく本音で返した。

「叔父貴、もしそう考えるのならそれでよいと思われます」

時房はじっと泰時を見た。何も言わず、続きを促すように頷いてみせた。

泰時が続ける。

「……私は、幼い頃からなのですが、欲というものに興味がなかった。北条の、しかもこういう立場に生まれなかったら、私は僧にでもなっていたかもしれません」

泰時は京で出会った僧明恵のことを思い出していた。泰時にとっては心が通い合う数少ない相手であった。

「つまり、私にはこの仕事――執権ですが、向いていません。人々の欲望の渦をまとめ上げ、戦をなくしていく……疑心暗鬼の中で……。こんなことができるわけがありません」

これは泰時の本当の声である。いつも心の奥底に封印しており、今まで長い間行動を共にして助けてくれた時房にも言ったことはなかった。だが今は、時房と価値観を一体化したかった。

(言ってしまおう。そうしなければだめだ。叔父には何もかも……)

「今までだって、叔父貴を始めとして、政子伯母や父の指示で何とか凌いできただけです。もし叔父貴に先ほどのような考えがあるなら、私は今すぐにでも立場をお譲りしたい」

時房はこの時点で、

(死ぬまで助けるか、このバカ正直者を)

と、覚悟した。

(わしは、遂に影で終わるかな)

とも考えたが、それは卑屈な感覚から出た思いではなかった。

「ハッハハハ……。おまえは変わらんな。そういう世間一般の常識が通じないところは昔からだな。おまえのやってきたことは、確かに危ういことが多かった。今まで、わしがどれだけそれを補ってきたことか。だがな、おまえの不思議さは、何かが終わると、いろいろな人がおまえを慕ってやってくることだ。わしがやったのに……と思うようなことも、終わってみれば人々はおまえの方に向いている。

——これこそが英雄の資質だろう——。

わしはそれを思った時、おまえにはかなわない。どれだけ大きくなるか賭けてみるか、という気になっていったのだ」

☆

二人の腹の探り合いともいえる前座は終わった。

泰時が一呼吸おいて言う。

「そろそろいいでしょう？　私には先ほど申したように、自分の地位についてのこだわりはありません。このことは叔父貴、長年の付き合いでわかるのですが、私以上に叔父貴は無欲ですよね」

「そういうことかもな……」

と、否定もしない時房に、泰時が本題に入ってきた。

「私は、こういう立場（※執権という幕府の責任者）になってしまった以上、先人の願いを実現し、御家人たちの権益を守っていこうと思いました。

叔父貴、教えてください。今、私は何をするべきなのですか？」

時房は、泰時のそんな浮ついた言葉には乗ってこない。鼻でせせら笑いをして言った。

「おいおい、誰に言ってるんだ。おまえの考えていることなんてだいたいわかるぜ。何年一緒にやっていると思ってんだ！　お互い、飾りは取ろうぜ」

そして、つけ加えた。

「もう、ほとんど頭の中でできあがっているんだろう？　言ってみろ。わしは反対しないぞ」

「わかりました。なんでもお見通しですね。では……」

こうして二人の話し合いは、泰時主導で、時房が泰時の構想を一つ一つ確認していく形で進んだ。

その後、九月三日になって、最も気がかりな人物である三浦義村をも誘って、今後のことを密談する形をとった。泰時の入念な準備と人を虜《とりこ》にする術《すべ》が始まっていた。内容は以下のとおりである。

☆

まず、自分がついた地位『執権』を二人制にした。

執権とは何なのか？　将軍という地位より低いのに、鎌倉時代の政治を、のちに『執権政治』というのはなぜか。それは、執権という職あるいは地位が権力を持ったからできたのだろうが、どういう経緯でそうなったのか、今までに触れたかもしれないが、ごく簡単におさらいしてみる。

元々政所別当が執権とよばれ、北条時政がそうであったが、執権という呼び名がクローズアップされるのは、元久二年（一二〇五年）に北条時政の若き後妻がからんだ、いわゆる『牧の方事件』が起きた時からである。

子の義時と政子らによって時政と牧の方は追われることになったが、その際、義時が父の時政に代わって幕府組織の三つの要であった侍所・政所・問注所のうちの一つ『政所の別当（※長官）』になった頃から、将軍の後見役という意味合いもある『執権』と義時を呼ぶようになった。

そして、建保元年（一二一三年）の和田義盛との戦いを制した義時は『侍所の別当』も兼ねて独裁的な力を持つようになる。これ以後、実質上将軍は『飾り』となる。

本来なら将軍が主導権を握って、源頼朝の時のように将軍の親政が続くはずであった。しかし、そこは生身の人間のやることだ。二代目、三代目になると、初代のような求心力が生まれなかった。このままでは、せっかく作った幕府という組織が機能しないで瓦解してしまう。まして当時は、京都の朝廷の力も強大であったのだ。

だいたい、原点に戻って考えると、なぜ無一文の頼朝政権が成立したのか。

関東に居住し、荒れた開拓地を耕してきた武装農民から起こったのが武士たちだ。その生活を、簒奪者である公家の力から守るために作ったのが頼朝の政権なのだ。

だから、当初は武士の頭数を集めるために頼朝のような大看板である武家の貴種、要するに、八幡太郎源義家という何代か前のレジェンドの血筋が有効だった。そして、運良くこの貴種である源頼朝は有能で『使えた』ので、集まった武士たちは、頼朝に従うという意味の『御家人』として頼朝の下で活動した。

だがそれも、すべて御家人たちの代表として彼らの生活を保障してくれればこそ支えているのである。もっとはっきり言えば、土地問題である。自ら開拓した土地（荘園）を守るための境界線争いは切実であり、あちこちに戦いの火種があった。その戦いの最大の相手が京都の公家たちであった。

頼朝は、それについて強く交渉してくれた。そういう指導力を持つ者があとを継ぐのだ。源氏も、二代目以降それができないなら、御家人たちは将軍（源氏）を支持しないということになる。

だが、武士が作った政権である幕府という新しい機構は維持したい。十分に公家勢力と互角に戦えるからだ。だから、たとえ北条であろうと、三浦・比企・畠山であろうと、御家人たちを正当に守ってくれる者であれば、誰がリーダーシップをとっても問題なしということである。

北条氏は、そういう過程を経て力をつけてきた。頼朝が生きている間は従順になり、彼の考えの実現を補佐していた。しかし、子の代になり、このままでは組織が崩壊してしまうという段階になると、もはや『貴種の血』については、置くだけで機能させない。最も有能な部下の者が、頼朝の目指した政治を事実上受け継いでも、誰も文句は言わなかったのである。

ここまでのことを、大ざっぱに解釈してみた。

☆

さて、話は泰時の頃に戻るが、執権を複数の者が担当するという意味はどこにあるのか。

二人目の執権を『連署』といい、泰時の叔父であり、生涯に渡って最も信頼する人物の北条時房を充《あ》てた。

鎌倉幕府の組織で、北条泰時以後と以前で最も違うところは、将軍以外すべての役職・地位を複数制にしたことである。

なぜか？

一つの役職に担当を複数にすることによる利益は『より、まちがいをしない』というところにある。欠点としてはいくつかあるが、一つは『速断しにくい』。緊急時は特に動きが鈍る。また、二派に派閥ができやすくなり、チームワークが乱れる……などがある。

これから、実際に泰時と時房が進めていく機構・政策改革を一つ一つ見ながら、当時の目、あるいは二十一世紀に生きる現代人の目からも考えていきたいと思う。

☆

源頼朝や北条政子、父の北条義時らは泰時以上の能力を持った優れた政治力の持ち主であったが、彼ら彼女らの政治は、天才的であると同時に独裁的・武断的であった。武家政権を打ち立てる混乱した時期にそれらの要素は必要だったが、時が過ぎ、混乱が治まる頃、武家政権を維持する上では別の要素を必要とした。

泰時の考えは、政治方針や政策において幕府創設者である源頼朝の忠実な後継者だったが、実現させるための方法については新しい時代に適応する独自のやり方を打ち出した。

独裁制に代わる合議制である。

泰時が、いつそれが最適な方法であると確信したのか、京都の六波羅探題での経験なのか、事実それは大きかったろう……。また、父義時の時代や祖父時政の頃から危惧されてきた有力御家人たちとの相剋、特に、今もなお大勢力となって前にそびえる三浦氏を飛躍させないためにそう考えたのか……。泰時は、最終的には政子の遺言ともいえる、『あなたに任せる』の言葉で決心したのかわからないが、今、泰時は自分の個性を冷静に見極め、時房との人生の『約束』を得た上で立ち上がったのである。

☆

連署について、くどいようだがつけ加える。執権とは別に連署という役職があったのではない。執権は、くり返すが、将軍の下にある政所の別当と侍所の別当を兼ねる。

泰時と時房は二人とも執権である。しかし、筆頭執権たる泰時の権限が、連署、つまり次席執権の時房よりも大きいのは言うまでもないが、政子の死までと死後との執権政治の違いは、単数執権制と複数執権制との違いである。

泰時と時房が今後の政策を考え、それを実行に移していく上で、さまざまな障害が考えられた。何よりも、圧倒的な存在感で御家人たちを掌握していた北条政子と義時が今はいないという、先行きへの不安を脱却することが先決だった。

そのため、まず取り組んだのがイメージの変革だ。頼朝以来『大倉』という、ちょっと奥の地にあった将軍御所を、中心地に近い『宇都宮辻子』に移転する計画を進めた。その場所は泰時邸に近い。次期将軍本人を近くに抱え込んで、他の有力御家人の勢力から遠ざける意味があったのだろう。

不安定な今の時期、泰時にとっては、幼くして京から下ってきた三寅を早く正式な四代将軍に擁立することが緊急の仕事だ。形の上での政権のシンボルを立てることが、世を落ちつかせる一因となるのであった。

しかし、三寅は未《いま》だ八歳。彼を将軍にするからには、将軍を支える新たな政治体制を構築していく必要がある。つまり、将軍を補佐後見する『執権政治』の始まりであった。

新御所は完成し、政子の死から五か月余り過ぎた嘉禄元年（一二二五年）十二月二十日に三寅は宇都宮辻子に移ることとなった。名も頼経と改めている。

☆

さて、いよいよ動き始めるのだが、泰時にとって気にかかる存在は、何と言っても三浦義村だ。父北条義時以来のライバル。そして強大な武力を保持し続けており、また、鎌倉と接する領地を持つ地の利がある。主要領地が伊豆にある北条氏より格段に早く鎌倉に大軍を送ることができる。

父の時代に何度となくあった三浦氏との危機。それを乗り切った義時であったが、その時は上に政子がいた。今は二人とも亡くなり、三浦義村だけが残っている。これが、泰時には何とも不安なのである。

対策として、すでに義村の長男である三浦泰村を泰時の娘と結婚させて姻戚関係を結ぶなど、外堀を埋めようとしてはいた。

執権としての考えを主要な御家人たちに発表する際も、義村には事前に機会を設けて知らせるなど、人生の先輩として常に一目置くようにした。

☆

そして、新将軍頼経が新御所に移った翌日の十二月二十一日、幕府の首脳たちが一堂に集まった。

執権北条泰時、連署北条時房。そして評定衆のメンバーだが、文筆官僚の二階堂行村、問注所執事の三善《みよし》（※町野）康俊《やすとし》、政所執事の二階堂行盛、さらに太田康連《やすつら》（※三善康俊の弟）、その一族の矢野倫重《ともしげ》、助教の中原師員《もろかず》などが並ぶ。有力御家人というべきは、三浦義村、中条家長、後藤基綱の三人のみで、残る佐藤業時《なりとき》、斎藤長定（※浄円）の二人は泰時に登用された、法に明るい人物である。

多くは法律家や京都の事情に精通した者たちであった。ここに、執権が運営する評定衆の第一回目の会議『評議始』が行われた。この場に将軍は出席しない。のちに報告を受けるだけである。

最初の議題は、御所の出入口にある東西の侍が控える番役についてだった。これは、京都の皇居警備に倣《なら》った『鎌倉大番役』の整備だ。

東西二つ、警備の詰所があるが、この当時実質的には東部だけ人がいて、西部は無人の状態だった。

新将軍にやがてなる三寅が幼年で、まだ正式に征夷大将軍の宣下を受けていなかったので、軽く見られていたからであろう。この状態を改めて東と西に侍の詰所を置くようにした。これは頼朝時代の形に戻すことを意味した。

泰時は、以後、御成敗式目を代表とするさまざまな決まりや約束事を制度化していくが、考えていたのは新しいことではない。源頼朝の政策を復活させることであったのだ。

☆

当初、有力御家人にとって、評定衆となることは栄誉であると強く意識されてはいなかったらしい。しかし、評定の機能の重要性が高まるとともに、評定衆になることが強く望まれるようになった。

のちのことだが、こういうエピソードがあった。嘉禎元年（一二三五年）五月に評定衆に選ばれた結城朝光は、閏六月になって、自分は物事の善悪を判断する力量はないので辞退すると言い出したので、泰時に問われた。

「選ばれてすぐやめるなら、どうして引き受けたのか？」

すると、朝光はぬけぬけと表情を変えず、明るく答えた。

「それは……子孫に、評定衆に選ばれたという栄誉を残すためである」

と、語ったという。

評定衆の中で、最も異彩を放っていたのは、実力者である三浦義村だった。義村は、いわば一般御家人の代表というところだが、義村が評定衆として在職していることの弊害も少なくなかった。

嘉禄二年（一二二六年）、尾張の御家人の中泰貞と、三浦義村の部下大屋家重との所領争いについての評定が為された時のことだ。泰貞は、義村が家重に有利な意見を述べていたと訴えた。なぜそういうことを言ったのかといえば、何とも、会議というものに不慣れな当時の状況がわかるのである。泰貞は会議をしている評定所の裏にまわって、評定衆の評議の様子を盗み見ていたのである。

結果として、この争いは義村の部下、大屋家重の言い分が正しいということになった。泰貞の行為が逆効果となったのもあるが、義村の圧力が大きかったのであろう。

そして今後は、このように訴人当人が評定の場に近づくことを禁じるとした。しかし、これでは問題が解決しないし、不明瞭なものが残る。

訴人と利害関係にある者が評定衆にいること自体問題なのである。現代の日本では、司法をつかさどる者が行政権力と結ばれることはない。政治的な有力者が裁判に関係するということは弊害が少なくないのである。

その他にも、のちのことだが、いくつか義村の傲慢《ごうまん》さが出たことがあった。

一つ。義村の息のかかった御家人に、九州の没収された領地を優先してほしいとの願い。

二つ。頼経将軍が、鶴岡八幡宮へ参宮会に出席する折、伴として自分の子ども四人を無理やりつけさせた。実朝事件のことを思い出してそうさせたのかわからないが、公式の相談がないまま行ったということから、周囲は眉《まゆ》をひそめた。

この時も、義村としては怖いもの知らずの感があったろう。執権にも対等の発言ができるほどの実力を持ち、北条義時、北条政子亡きあとは、温和な泰時につけ入り、規律を無視した行動がしばしばあった。

泰時は、これら単独のわがままについてはいちいち動かなかったが、もっと大きな目で幕府の組織を固めていこうとしていた。そのことがしっかりできれば、義村の動きは単なる個人のわがままで終わるのである。

合議制にすることによって、御家人たちの要望を取り入れやすくはなった。しかし、三浦義村の例のように、一つまちがえば評定衆を統率できなくなる可能性が出てくる。

はたして泰時は、そのあたりのことをどう考えていたのだろうか。彼はもちろん、そのような事態を予想していたろうし、どのように克服していくのかも考えていた。

評定衆の合議制による暴走をくい止めるには、別の対抗する組織を作ることである。しかも、それと感じさせないように周到に作り始めるのだ。執権職を得ている北条氏の力を恒常的なものとすることだ。

泰時は、本家・分家と枝に分かれていた北条一門がバラバラにならないために一層の団結を図れるようにした。

父義時の遺領分配の折に自らはほとんど領地を得ず、弟など自分以外の一族を優遇して皆から感激されたことなどもその一環となる。このようにうまくいけば、北条一族は一枚岩となり、揺らぎが出ない。だが、いつもそういくとは限らない。半面では、兄弟といえども実は気が許せない……どころか、最も危険な存在となる。両刃《もろは》の剣だ。

すでに伊賀氏の方の事件があったあとだが、泰時は『家令』の制を設け、尾藤景綱を任命した。家令とは北条氏一族の『家』のことだ。他より一段格式を持たせて、特に本家を、のちに『得宗《とくそう》』と呼ぶようになる。孫の時頼の時代になると、執権と得宗の地位の重みが逆転するまでになっていく。

したがって、格式を作った北条本家が評定衆に対しては、プラス面として評議が滞った時、その権威を以て評議の運用を助けることも多かった。つまり、良きアドバイザーの役割だ。また逆に、評定衆の暴走だと思われる時に、執権たる泰時の独裁的な力によって防ぐことも徐々に認められるようになっていった。

このように、目立たないような形で実質的な果実を取るのが泰時だ。平素の誠実さが周りの者たちを信用させるのか、言動に嘘がないから信頼するのか、さらに、物欲がほとんどないからなのか……。それらの要素が全てプラス面で動いているのである。

泰時の優れた才能といえば、以上のあたりだろう。決して派手さはないが堅実さがある。彼が執権だった頃は、鎌倉幕府の政治機構を整備する時代になっていた。

合議制を重んじる評定衆と、独裁色を強める家令の制という矛盾する制度が存立できたのは泰時ならであり、どう考えても彼以外には実現できなかったろう。その結果、大きな戦乱のない時代が、泰時が執権の時に二十年余りも続くのである。

のちの時代、どの史書を開いても英邁《えいまい》な人物として、誰一人批判する者のいない北条泰時像ができる所以《ゆえん》である。

十三　苦難の時

泰時の家族、と言っても、結婚後のことに少し触れる。北条氏の系図があるが、それによると、泰時の子は、男子三人と女子三人の合計六人となっている。そして、彼は結婚を二度したと思われる。最初の結婚については多分に政略結婚の観があり、個々人としての夫婦の愛情はどうだったかを判断するのは難しいところだ。もっとも、これは現代的な感覚で言っていることなので、当時の基準とは別である。

泰時がまだ金剛と名のっていた少年時代、十二歳になった元服の儀式で、主君の源頼朝が一同の前で三浦義澄に言った。いや、命令した。

「そなたの孫娘の一人を、将来、金剛の妻として与えるように」

この孫娘というのが、名は残っていないが、三浦良澄の後継者である三浦義村の娘ということになる。

今までにも、三浦氏と北条氏の確執については述べてきたが、この場面でもそれはあった。頼朝も、二つの勢力の均衡を図ってきたのである。

泰時が三浦義村の娘と結婚したのは建仁二年（一二〇二年）、数え年二十歳の秋であった。当人同士の思惑よりも、北条、三浦という双方巨大な勢力を持つ御家人同士が姻戚関係になることで世間は注目した。

☆

泰時の性格は素直で、癖の強くない若者だ。相手の娘を受け入れ、翌年になると長男が生まれた。のちの『時氏』だ。その後、娘が二人続けて生まれたが、二番目の娘は成人してから三浦義村の長男の泰村に嫁いでいる。母親が泰時の最初の妻であれば、叔父と姪の関係だ。しかし、それら二人の娘たちの母親が時氏の母と同じだったかはよくわからない。というのは、いつなのかはわかっていないが、離婚したからだ。

長男の時氏が誕生してから八年後の建暦二年（一二一一年）に、二男の『時実』が生まれた。長男とは少し年齢が離れており、母が違う。母は安保実員《あほさねかず》の娘とあり、泰時にとっては二番目の妻である。これも、安保氏という有力御家人一族の娘だったが、さほど政略の意図は感じられない。泰時自身は比較的自由な気持ちで再婚したのだが、頼朝と政子夫婦のような激しさは持ち合わせなかったろう。

その他の子としては『公義』という男子がいたようだが未詳である。出家したらしい。それから女子がもう一人。先に記した二人も合わせて、それぞれ成人してから有力御家人に嫁ぐ。順番に、長女が足利義氏の妻となり、やがて泰氏を産む。二女が先の記述と重なるが、三浦義村の長男の泰村に嫁ぐ。これについては、あとに少しつけ加える。三女は北条朝直の妻となる……までわかっている。

やがて長男の時氏が結婚し、元仁元年（一二二四年）に『経時』が生まれた。そして、三年後の安貞元年（一二二七年）に時氏の二男『時頼』が誕生し、泰時は孫二人の顔を見ることができた。

ここまでは泰時にとって至福の時間であったろう。家庭人としての幸福を十分に味わっていた時期だった。

しかし、ここから事態は急展開して下降することになる。

同じ年の六月のことだ。孫の時頼誕生でお祝い続きであったのに、一か月後、何と泰時の二男時実が、わずか十六歳で死去した。しかも、訳ありの死らしい。家人（※郎等）と何やらあったのだ。高橋二郎という者に殺害されてしまった。

どういう経緯かはわからないが、自分の家人と一悶着あって、しかも、その者が手を染めたということ自体、上の者、つまり主人格の時実に問題があったのではないかと推測されるのである。『吾妻鏡』によると、側にいた者二、三人も同じく殺されたというが、乱闘騒ぎだったのだろう。酒が入っていたのかもしれない。

たまたま近くのお堂の祭事で集まっていた屈強な御家人たちが気づき、現場に駆けつけた。高橋は捕えられ、即日腰越あたりまで連れられて斬刑に処せられた。——その日、ひどい大雨になったという。

この事件の影響としては、時実の育ての親ともいうべき『乳母父《めのと》』である北条氏本家の家令の中心人物、尾藤景綱の進退問題にまで発展した。自ら責任を取って出家引退したのである。

☆

その年の十一月になると、泰時の幼児期に母親代わりをしてくれた、政子の妹であり、泰時の叔母にあたる阿波局が死去。またもや恩ある人の旅立ちとなった。

☆

それから三年後、さらに泰時に悲劇が訪れる。

寛喜二年（一二三〇年）五月二十七日、『吾妻鏡』によれば、長男時氏の症状が重くなったとある。何の病気かわからないが、その年の四月頃病に陥り、京都から鎌倉に帰ってきた。当時の医療は日本に限らず、施術がほとんどない。本人の体力（滋養、解毒、気力、消化力など）と予防にあった。だから、上記のいずれかに支障をきたせば危うい状態となる。

しかし、あきらめて何もしないということは、身内の者には耐えられない。したがって神頼みが出てくる。祈祷である。泰時もした。彼の悲愴感は想像を絶した。

六月十八日、ついに時氏が亡くなった。何と、三年前に死んだ弟の時実と同じ日が命日となった。泰時のあとを継ぐべき息子たちがいなくなった。しかも今回は、父の期待を一身に受けていた長男である。承久の乱の折にも、宇治川での戦いを経験させ、京都で六波羅府の仕事もさせた。時氏こそは父の泰時にとって、あとを任せたいと思っていた愛児であった。その息子が病死した。

泰時の将来の構想は、根底から考え直すはめになった。息子ではなく孫の代に、祖父の立場から直接受け継がせることができるかだ。孫はまだ上が七歳（※のちの経時）、下が四歳（※のちの時頼）だ。

凶事はこれだけでは済まない。同年の七月十五日に娘が亡くなる。前述したとおり娘は三人いて、その真ん中の子のようだが三浦泰村（※三浦義村の長男）に嫁いでいた。しかし、生来虚弱体質だったようで、前年には死産を経験している。

今度は大丈夫と思えた。

七月十五日に女子を出産したが、難産だった。結局、出産してからも苦しみ、翌月の八月四日にとうとう母子ともに死去した。二十五歳だった。

☆

泰時の思いは如何ばかりであったろう。

(呪われているのではないか……)

と、思った。

(誰の……か？)

言葉にするにはあまりに恐ろしかった。

☆

寛喜二年（一二三〇年）という年は、以上のことばかりでなく、もっと大きな厄災が襲いかかってきた。飢饉である。

この年、六月九日には武蔵と美濃で雪が降った（※当時は太陰暦だから、現在の太陽暦に直すと七月下旬にあたる）。そして七月には霜が鎌倉でも降りている。あまりの寒さに、京都では冬物の綿衣を着たという。

さらに八月には、大雨のため農作物の損壊が甚だしく、草木は枯れ、季節は秋を越えて一挙に冬が来たような冷夏であった。

九月にも大風雨が続き、人家の破損が激しかった。幕府や公家の屋敷でも多数が被害を受けた。

逆に、冬になると暖冬異変となり、京都では桜が咲いたり、麦が実ったり、また、小鳥や蝉が枝々で鳴くしまつだった。

☆

ここで、いったん視点を変えて、なぜこのように、突然夏に霜が降りたり雪が降る、といった異常低温の状況になったのだろうかという点について、自然のメカニズムとして考えてみる。

以下は『土地所有史』（山川出版社）を参考としているが、通常このような状態は、気象学の面から見ると、長期的な気候変動の結果に起こる現象ではなく、短期的な異常気象が原因であることがわかっている。

この異常低温をもたらす異常気象の多くは火山の大規模噴火が原因であると考えられている。

火山灰が成層圏にまで達するような大規模な噴火が起こると、地球の全球規模ないし半球規模の気温低下が引き起こされることが明らかにされている。大規模噴火によって成層圏にまで達した火山灰は、広く拡散しながら、噴火後数か月ほど成層圏に滞留する。

やがて、大きな粒子は重力によって地上に降りてくるが、火山灰とともに成層圏に達した亜硫酸ガスや硫化水素は、火山灰の小粒子と結合して硫酸エアロゾルとなり、雨が降ることのない成層圏に、一年から数年に亘《わた》って留まることになる。

このような火山性エアロゾルは、その『日傘効果』によって、地上への日射量や全天放射量を減少させる。そのために気象バランスが崩れて、短・中期的な気温低下や異常気象を引き起こすのである。

鎌倉期において、一二二〇年代後半、一二五〇年代末期、一二八〇年代後半の三つの時点で大規模な火山噴火があった。過去千年間で、南北両極の氷床コア（※柱）から同時に検出できる火山シグナル（※発生の跡）は十一個あるが、この三つはすべてそれに含まれている。要するに、この三つの火山噴火は地球全体に影響をもたらした可能性があるわけである。

注目したいのは、この三時期の火山噴火のうちの二つが鎌倉期の著名な飢饉と関わっている点である。寛喜二年（一二三〇年）の異常冷夏が原因となった『寛喜の飢饉』、正嘉元年（一二五七年）の旱魃と、次の年の冷夏によって起きた『正嘉の飢饉』がそれである。

☆

寛喜二年（一二三〇年）の、異常気象による『寛喜の飢饉』の甚大な被害の影響がほぼ終了して、平時に戻ったのは一二三〇年代末頃と考えられる。これは、延応二年（一二四〇年）に出された飢饉に関する法で、

「今、世間、本に復すの後（※今、世の中は元に戻った）」

と、記述がある。

大きな災害が起こると、その回復におよそ十年が必要であった点は、当該期の大規模気象災害と、その復興政策との関係を考える上で大変重要である。

☆

寛喜二年（一二三〇年）の冷夏による作物の不作・災害はまだ序章に過ぎなかった。その年の収穫は、ほとんど、どこの耕地でもひどい状態で、多くの農民が年貢米を払えず、逃亡する者まで出た。流民の発生である。また、やっと年貢米を払ったものの、翌年に使う種籾用の米麦まで手をつけざる

を得ず、やっと年を越した者が多かった。

飢えた者が極端に増えたのは、寛喜三年（一二三一年）の春から夏にかけてだ。前の年に貯えておく種籾が蒔けず、この年の収穫はゼロに等しくなった。

この当時、室町・江戸期のように、一国が一人の大名によって支配されているわけではなく、各々の領地が全国各地に少しずつ分散していることが多かった。そして、各地の情報も、現在のように交通網が発達しているわけではないので、なかなか統一した策が打てなかったのである。また、土地についても各領主の独立支配力が強く、それぞれ御家人たちが、ほぼ各自の判断で荘園を治めていたので、幕府の将軍・執権といえど、飢饉に際して鶴の一声で全国の荘園に命令を浸透させるのは困難なことだったのである。

泰時は苦しみながら三十年前のことを思い出していた。まだ十九歳の頃のことだ。

——当時、伊豆にあった北条氏の故地は、不作のため農民たちの中には、借用した出挙米（※領主からの貸付米）も返済できず、領主に責められるのを恐れて逃亡の準備をしている者さえいた。

若き領主の泰時は誠実で無私であった。農民たちを集めて貸付証文を目の前で焼いたのだ。農民たちは呆気にとられたが、泰時はすかさず言った。

「豊年になっても返す必要はない」

と言い、むしろ、酒や米などを農民たちに振る舞った。

振る舞われた方は驚いたろう。それまでの例で言えば、秋に年貢が払えなければ、何らかの懲罰が待っていると皆思っていた。しかし、泰時のやり方は全然違った。思考の基盤が違うのではないかと思えるほどだ。

人々は、手を合わせて北条氏の繁栄を祈ったのである――。

☆

寛喜二年（一二三〇年）六月……。最愛の息子の病死という大きな衝撃があったが、泰時はそこに不吉な天の意思を感じていた。

以前の記述と重なるが、その頃、泰時の領地の一つがある美濃から、

「夏なのに雪が降った」

と、報告が届いた。

また、武蔵では霜が降りた。

（涼気が尋常ではない。これでは、秋になっても収穫がないのではないか）

と、悲観した。

即刻何らかの対策を実施しなければ飢饉になる……と。

☆

八月には、娘も産後の肥立ちが悪く、亡くなるなど、泰時の心は相当参ってきてはいた。だが、私人としての悲嘆にくれる余裕はなかった。公人（執権）としての役目の完徹が待たれたのである。

ある日、叔父であり執権連署でもある北条時房の邸宅に突然行き、腹蔵ないところで相談した。

「叔父貴、半月ばかり政務をお願いしたいのですが」

（来たな……）

と、思ったが、

(何をする気だ)

そこまではわからない。聞いてみたくなった。

「どうした?」

すると、泰時が言うには、

「様子を見てきたいのです、直に」

と、いうのだが、時房にはだいたいわかった。

(ハハァ、なるほど。おまえらしいな)

と、納得したが、いたずら心がムクムク起こり、さらにわざわざ聞いてみた。

「何の様子だ。作物か? ……して、どこまで行くのか」

泰時はものを言う時、策を弄さない性格だ。そういうところが、場面によってプラスにもマイナスにもなったが、今日は相手が時房だ。発言に何の不安もない。

「伊豆北条の地と美濃を見てきます。そうすれば、他のところの様子も大方のことはわかるでしょう。そして、三十年前の時と同じなのか、違うのか……」

泰時がまだ十九歳頃の、伊豆での飢饉のことを思い出していたが、予感として、

(あれ以上の事態だ)

と、確信していた。

時房は、泰時の資質として、政治家としては不器用だが、抜群に人柄のよい甥っ子の後押しをして

きた。今もそうだ。

「わかった。おまえのすごいところは、その誠実さと目線の低さだ。百姓が喜ぶ……。もちろん、わしのような者もだがな。任せておけと言いたいところだが……」

一度区切ったが、思い直したように続けた。

「……代わりにわしがその任務を担当する。その方が万事よいだろう。執権たる地位を空けてはならん。

それに、世間を見る眼はわしの方がおまえより確かだ。現実的だからな。

今回は専門家を派遣して、その報告を待つ方がよいのではないかな」

☆

異常は今年の夏だけではなく、昨年にもすでに現れていた。日照りと大雨という極端な現象が相次いだ。

『百錬抄』によれば、京都では鴨川が氾濫し、十月には東日本に巨大な台風が到来した。

鎌倉でも、御所にある侍所・中門廊・竹御所などが倒れて、家々の損壊は大きかった。

その年、寛喜元年（一二二九年）の気象は、大まかに見れば、前半が旱魃傾向、後半が湿潤だったようだ。『吾妻鏡』には、八月十七日に、暴風雨により稲穂が皆枯れたと記してある。

そして、今年だ。寛喜二年（一二三〇年）の様子を記録で見ると、藤原定家の『明月記』では、

「六月十七日、早朝涼気あり。薄霧秋のごとし。……夜涼しく綿衣を着る」

と、あり、また、

「七月十五日、涼風仲秋のごとし。昨今、萩の花さかんに開く」

と、まるで晩秋のような気温になっていることも記されている。

さらに、
九月三日の欄には、冷害により北陸道の稲は枯れてしまい、収穫は、近年全くないほどに激しく損なわれたとある。

ところが、暮れになると一転して暖かさが戻ったようになった。冬なのに、全国各地で麦が実り、食べられるものさえあると噂された。一か月前に蒔いた麦から穂が出ているのを見つけて、

（まるで三月のようだ）

と、驚いている状況だった。

そして、京都では桜が咲き、タケノコが山で生えたので食用にしたという。そういう一見喜ぶべき現象が冬に起きたが、あくまで異常な暖冬が為せることで、その年の収穫が増えるわけではない。

正月が過ぎ、春三月になると、逆に厳しい寒さが戻ってきた。

☆

時房がばらまいた使者たちは四方へ散り、主に北条が抱えている領地の状況を調べた。各地とも予想されたように、穂は青いままで、ついに実ることがなかった。

水が引きやすいように、谷あいの傾斜地に多くあった当時の田は、現在のように川から灌漑して水を貯める技術は進んでおらず、降雨による『流れ』が頼りであった。しかし、六月・七月は雨が少なく、田の水は干上がり、稲の穂は蒼いまま枯れようとしていた。

おまけに、八月には降雨が来たのはよいが、台風のため、農作物の損害はさらに激しかった。鎌倉近辺と思われる場所で洪水が起き、川辺の民家が流出して多くの人が溺死してしまった。

古老は、

「未だかつて、このようなためしはない」

と、言う。

弱り目にたたり目で、翌九月にも台風が来た。この時は、田畑だけでなく、家屋の破損が著しく、河川の決壊もあり、幕府・御家人の建物も被害を受けた。また、北陸道の大凶作のありさまは『近年かくの如き事なし』と報告されてきた。

冬には、飢えが待ちかまえているのは誰の目にも明らかだった。

このような寛喜二年（一二三〇年）であったが、京都では以下のような事件が起こった。

ある時、儀式で供物が供えられると、空腹の人々がそれを奪いに来る。また、天皇行幸のための駕篭《かご》かきは、あまりの空腹のために輿がかつげない。……なので、六波羅府にいる武士たちに代役が命じられたということだ。

さらに、まわりは飢饉の様相を示していたので、皇室においても、平時は食しないはずの牛や馬の肉まで食べた。もちろん、野にいる野鳥、猪の類いはすでに食べつくされてからの話である。

そして、種籾の市場での価格が暴騰した。

街には餓死者の死骸がごろごろしており、死人を抱いた通行人はひきもきらず、死臭が町中に漂っていた。

こんな時には盗賊が横行する。富家を襲っては米銭を強要し、放火する。大臣であった某も強盗に衣装をはがされ、裸で家に帰るという状況だ。こうなると、六波羅も検非違使も何の役にも立たない。京都のような大都市は米麦の生産地ではなく大消費地なので、飢餓の様態も他の地より早く現れる。

このような地獄絵巻が、全国的には翌寛喜三年（一二三一年）の二月から八月を絶頂として広がっていった。

☆

いよいよ飢饉が襲ってきた。人々の体力が落ちたために病気が流行し、都では盗賊が横行して三月には餓死者が多く出た。以後、八月までの間、死骸がそこここに放置されるような状況となっていったのである。

三月、泰時は倉庫に出挙米の貯えがある者に対して、餓死する人々を救うため施しをするよう通達した。

夏は晴天が続き、炎天の中、疾病が天下に満ちた。七月には『天下大飢饉、貴賤多く以て亡卒す』とさえ言われた。この飢餓は、前年の凶作に加え、早く成長しすぎた麦に実が入っていないものが多い上、実ったものはすでに食べてしまったことによると考えられている。

しかし、ようやく八月になると、鎌倉では『世情ようやく豊饒、死骸徐々に散失する』となり、飢饉も終わりに向かうように見えた。だが、五月頃の炎暑と乾燥が秋の収穫に悪影響を与え、特に西国では深刻であった。そして、種籾がなくなってしまい、十分な耕作ができなかったので、来年もまた飢饉が続くのではないかと不安は募っていった。

肉親の死に打撃を受けた泰時に追い打ちをかけるような天災に、彼はどのように対処したのだろうか。

☆

承久の乱以上の難敵であり、憤りをぶつける対象はないのである。天災に対する政策を誤ると、それは人災になる。

『明月記』には、十月十六日、鎌倉幕府は食料不足に備えて、毎日の食べ物の量を削減するよう指示したとの話が広まったと書かれている。そして、年が明けた寛喜三年（一二三一年）、関東にいる者に対して、贅沢《ぜいたく》禁止令が正式に発せられた。

泰時は自分の無力を痛切に感じていた。民衆への愛情を、理屈ではなく生まれながらに持っている珍しい個性であった。

天災に対する措置については後述するが、その前に、自分自身の生活を徹底して厳しく律したのである。このことには周りが驚くとともに、決して思いつきで二〜三日やっただけではないことに感化されていく。

彼はまず、畳、衣裳（※衣服）、烏帽子など、新しく作ることを避け、夜は灯火を用いない。そして、昼食は抜き、酒宴や遊覧も取り止め、御家人たちの華美な服装などを禁じた。

『明月記』では、泰時の徹底した『贅沢をなくした生活』について、特に食事のことに触れている。

「病にあらずといえども、存命し難し」

それほど粗食だった。

また、邸宅の外塀や瓦が破れたり割れたりし、雨漏りがしていたが、それらを修理するには無駄な費用がかかる……と、直させず、

「私の政治が拙ければ、いくら塀を直したとて無駄なこと」

と、言っていた。

これは、ある意味で泰時の特徴だ。不合理で精神主義的な策といえばそうだ。しかし、生産性が低く、封建社会という閉鎖的な土地制度での飢饉対策には、良心的な為政者は居ても立ってもいられず、まず自らの姿勢を立て直す北条泰時という男の誠意の表れなのであった。

☆

そして、積極的な策としては、泰時の領地である伊豆、駿河などで富裕者に米を出させ、それによって農民たちを救おうとした。しかし、それは出挙米なので利子をつけて返すものだ。だが泰時はこの時、返済期間を延期して、返済能力のない場合には、自分が代わりに返済してやる方法を取っている。

少し先の話になるが、翌年の貞永元年（一二三二年）十一月までの出挙米の総額は九千石に達した。（※一石が米俵で二俵。一俵が約六十五キロとすると、九千石はだいたい千百七十トンぐらい。価格に直すには無理があるが、敢えて言えば、一石が五万〜六万円としても、九千石というのは、現在でいえば五億円を超える）

これだけではない。

美濃の領地の高城《たかぎ》西郡・大久礼《おおくれ》など千余町の年貢を免除したり、株河《くいぜがわ》の駅では、そこを通過する浮浪人たちに食料を与えた。

彼らは飢饉で食い詰めた者たちだが、縁者を頼り、訪ねて行く者には到着までの旅粮（※食料）を

与えた。また、その地に留まりたいと願う者は付近の農家に預けた。

☆

寛喜の飢饉において、泰時の行った注目すべき政策の一つは、人身売買を認めたことである。従来それは禁止されていたが、この時に限り、妻子や従者を売ることを許さなかったものの『黙認』したのである。今日の常識からみれば考えられないことかもしれないが、当時の各家での家長の権力は極めて強く、それほど不思議なことでもなかったのである。

また、各荘園で、地頭らの中には、飢饉の中で自身の取り分を確保するために、瀕死の状態の農民たちからさらに搾り取ろうとする者がいた。農民たちは逃散するか、自らを、あるいは家族を売り、奴隷の身になって生きるかどちらかを選ばざるを得なかった事情があったのだ。

人身売買が行われた原因は、それを行わざるを得ぬような低い生産力にあった。

☆

この時代の飢饉対策の構造的な難点は、生産が少なかったということと、もう一つは全国各地に荘園が散在しており、政治と経済活動が未熟だった当時では、商品の流通が思うに任せないことにあった。

泰時の権力も、その複雑な荘園領主の領地の内部機構には及んでいない。したがって、統一的な社会政策などはできなかった。その点が、のちの室町・戦国期と違うところだ。政治が乱れていても商業・流通が発達し、農民の自立意識が高まった室町期は、飢饉もあったが、戦国時代の閉鎖社会でも、民衆は活き活きしていた。それは、流通の発達によって人々の交流がさかんになり、より広い範囲で人々が切磋琢磨して能力を伸ばす素地となったからである。鎌倉時代、北条泰時の頃は、まだまだそうはいかなかった。泰時の飢饉対策も、幕府の支配地域に限定せざるを得なかった。このような状態では、天候の好転とか、農民の努力とか、要するに政策より、自然発生的な回復力に多くを期待しなければならず、政治の果たす役割は乏しかった。したがって、否応なく飢饉対策はそれぞれの荘園領主に委ねられる。飢饉をかえりみぬ領主も多く、苛酷な仕打ちがあり、天災を人災にして一層の惨状となっていったのである。

執権としての泰時の無力感は大きかったろう。前述したように精神的な柱としての努力と、自分の領地に対する撫民政策を実行して、他の領主の手本となるように努めたが、効果はどうであったろう。

この章の最後に、泰時のその後の策を記して終わりとする。

☆

寛喜四年（一二三二年）春、伊豆国仁科《にしな》荘の農民が餓死しそうで、耕作地を放棄しようとしているとの声を聞くと、泰時は直ちに出挙米として三十石（※約四トン）を貸し与えるよう現地の富裕者に命じ、もし弁済が滞ったなら、自分が代わって支払うとまで言い切った。『吾妻鏡』には、泰時が出挙の貸し付けを保証するような措置を何度も行ってきたと記されている。

また、同じ年の秋、直属の部下の矢田六郎左衛門尉《じょう》は泰時に、

「あまりに出挙米の貸し出しが多すぎませんか？　もうすでに九千石を上回っています」

と、不安を唱えた。

そして、貸し与えられた農民は、返納する術がないと苦境を訴えるばかりであった。この時も、泰

時は翌年まで返済を猶予すればいいと平然と答えている。

さらに、美濃の領地では、千町を超える水田の年貢を免除しただけでなく、今で言えば経済官僚の平出左衛門尉という者を派遣して、救済米まで配らせた。

執権北条泰時が率いる鎌倉幕府は、天福元年（一二三三年）四月、飢饉対策の総決算として、前年秋以前の出挙に関する利息について、それまでの元本の同額から、半額へと減額するよう諸国に下知した。

この下知は関東諸国に止まらず、九州を除く西日本三十か国に向けて、三つのグループの使者を派遣して徹底させている。その適用範囲は御家人の案件のみならず、六波羅探題にも厳命しており、出挙全般を対象とするものであった。

このように、日本の歴史上最悪ともされる寛喜の飢饉の惨状に接し、北条泰時は超法規的措置で乗り切ろうと考えたことがわかる。

超法規的措置は、効果があったとしても副作用を伴う。したがって、泰時のことについても、現在記録に残っているような、きれいごとだらけであったかどうかはわからない。だが、人々の記憶に残る『誠意』が、泰時の人物像を作った材料であることは疑いないところだろう。

十四　御成敗式目

鎌倉時代に御家人といわれた将軍直参の家来でさえ、字が読めた者は何人いただろう……。当時は五千人中一人ぐらいがせいぜい読めたらしい。

多少の誤差はあるにしても、そのような武士たちに向けて作った、当初五十一か条の法律（式目）は、それほど効果があったのだろうかとの疑問がある。つまり、文書にしたところでそれを理解できたのか、また、荒々しい武士たちに法律を守ることの大切さが、そんなに簡単に行き渡ったのだろうかとの二つの？マークが湧くのだ。

当事者である北条泰時の考えは明白だった。当時、六波羅探題だった弟の北条重時に、その趣旨を手紙で知らせているが、それが残されているので紹介して、式目制定の理由にふれていきたい。

☆

『かねてさだめられ、候《そうろ》はねば、ひとにしたがうことのいできぬべく候《そうろふ》ゆえに』
↓（きちんと定めを作っておかなければ、他人の言うことには従わぬ者が多い）
『かねて御成敗の躰《てい》をさだめて人の高下を論ぜず、偏頗《へんぱ》なく裁定せられ候はんために仔細記録しおかれ候者也』
↓（明確に基準を定めて、人の強弱によらない公正な裁許を行うために式目を制定した）
『ただとうり（※道理）のおすところで作られ』
↓（武士の道徳で正邪を判断する）
『武家の人へのはからいのためばかり』
↓（武士のみを対象とするものである）
『京都の御沙汰、律令のおきては、いささかもあらたまるべきにあらず』
↓（公家の作った律令を否定するものではない）

☆

承久の乱が終わり、ほぼ十年余りの月日が流れた。しかし、なお御家人への恩賞の手配は終了せず、あちこちで問題が生じていた。ほとんどは土地の問題であった。

泰時らが率いる幕府は、乱の結果得た強大な武力を背景に、一つ一つの訴訟を片付けていったのだが、それらは、何か問題が起こると『右大将家以来の判断』として、頼朝時代を権威づかせることで御家人たちを納得させていった。

これらを実践するには、泰時、時房、さらに重時らの人望が大きかったのだが、裁決する人個人の人望に頼るやり方は、いずれ限界がやってくる。

土地問題は、特に京都以西で多かった。承久の乱以後、新補地頭として西国の荘園に配置した幕府の役人と、旧来からの荘園領主（公家側）との対立が、どこでも沸騰するように発生していた。

公家側には幕府に対抗する力がなかったから世情は平静を保っているものの、非常に危険な吊《つ》り橋を渡っているような感を、為政者の泰時は常に持っていた。

そういう中で寛喜の大飢饉が起こったのである。経済的な疲弊《ひへい》は深刻で、富裕な者にとっては領地からの収入が激減する。貧しい下層農民にとっては、逃亡・身売り、または飢えて死んでいくしかなかった状況が何年も続いたのである。

泰時は悶々としながらも、考えられる限りの策を実践していくのだが、今回述べる『御成敗式目』も、寛喜の飢饉措置対策の一環であったと言えるだろう。

人間関係のいざこざは、幕府政権の土台を揺らす原因となっていく。もめ事をなくすことはできないが、その正邪を裁定するための『法律』が何より人々の意識を安定させるのではないかと思ったのである。

何しろ、今までの裁定は裁判官の腹一つで決まるようなものであり、いわゆる賄賂も横行していたし、有力御家人に遠慮するような裁定も少なからずあり、不満がくすぶっていたことも確かだった。

☆

さて、北条泰時の政治運営で有名なのが、先ほども少しふれたが、『道理』ということである。

武士の日々の生活での『道徳』というほどのことだが、これは、たとえ現実に法律ができても、そのとおりに物事をすすめると、武士の道徳としては相反する場合があるとする。そういうときは『法』より『道理』を優先させるのだ。一例をあげる。

――下総国の地頭が荘園領主の代官と争い、泰時の面前で口頭弁論を行った。領主側の正当な陳述

に対して、地頭は言い訳することなく、『パン』と手を打って泰時に向かい、

「やあ、負けましたわい」

と、言ったので、一座は『わっ』と笑ったが、泰時だけは、道理に服する地頭の正直な潔い負けぶりを涙ぐんで賞賛したという（※『沙石集』）――。

これは、訴訟で勝負がはっきりして、勝った荘園領主側が法律上も保護されたのである。そして、敗者となった地頭はふつう地団駄踏んで悔しがり恨みを残すところだが、この地頭は裁決に納得して、自らが武士らしく明快な姿勢を見せたのだ。

このように、法は順守するものの、それを上まわることに人々は感動する。これが『道理』である。式目は法の『内容』の正否を問うのではなく、今まで培ってきた『武士社会』の正当性を明らかにしたものだ。だからこそ武士たちは無理なく理解し、裁決にも納得したのである。

つまり、今まで口頭で伝えられてきた慣習法を明文化したのであり、律令のように実態に応じないで、まず『正義』を示してしまい、人々がそれに合わせるという無理が少なかった。

一例をあげれば、公地公民制がある。農民が耕し、作り上げた耕地は、次の代には世襲されないという『無理』があった。式目ではまず、武士（※武装農民と言ってもいい）が持っている土地をどう守るかという現実的な方針があった。

式目作成にあたっては、公家系の法意（律令）が参照され、それらと武士社会の実践とを摺り合わせることが試みられた。起草の中心的な役割を果たしたのは、やはり、それなりの知識・教養を備え、京で揉《も》まれた官人たちであり、太田康連《やすつら》（※三善康信の子）・矢野倫重《ともしげ》・斎藤浄円・佐藤業時《なりとき》らの名が残っ

ている。

式目は武士社会独自の設計図というつもりで作ったものではない。制定の目的は公家社会の法秩序に参加するため、そういうことに不慣れな武士たちに『かみ砕いて』示すことにあった。

だから、規定も網羅的ではなく具体的で、必要に応じた部分を、しかも例をあげながら示すことにとどまっており、さらに必要があれば追加すればよいとした。

以下、御成敗式目全条を載せるが、現代語訳については、多賀譲治著『知るほど楽しい鎌倉時代』から多くを掲載した。

☆

〔**第一条：神社を修理し、祭祀を専らにすべき事**〕
（神社を修理して祭りを大切にすること）
→神は敬うことによって力が増す。神社を修理して祭りを盛んにすることはとても大切なことである。また供物は絶やさず、昔からの祭祀やお勤めはおろそかにしてはならない。関東御分国にある国衙《こくが》領（※公家側領）や荘園の地頭と神主はこのことをよく理解して行うこと。
神社は、小さな修理は自分たちで行い、手に負えないものは幕府に報告をすること。内容を調べた上でよい方法をとる。
〔**第二条：寺塔を修造し、仏事等を勤行《ごんぎょう》すべき事**〕
（寺や塔を修理して、僧侶としての勤めを行うこと）
→寺も神社も異なるとはいえ、敬うべきことは同じだ。そういうことなので、建物の修理とお勤めをおろそかにせず、後々非難されるようなことがあってはならない。また、寺のものを勝手に使ったり、お勤めをしない僧侶は直ちに寺から追放すること。

※一、二条と、最初に神社や寺を尊ぶ条文を置いたのは公家法の影響がある。当時の戦いは武力だけでは勝てない。神仏の加護が必要だった。武士たちは神という形のはっきりしない魔力を信じていたので、祟りを恐れ、精神的なよりどころを神社や寺の仏像に求めた。そのような世相を反映したのが一、二条だったということだろう。

〔**第三条：諸国の守護人の奉行の事**〕

（守護の仕事について）

↓『右大将家（源頼朝）』の時に決められて以来、守護の仕事は大番催促・謀叛人・殺害人（殺人犯・夜討ち・強盗・山賊・海賊）の取り締まりである。

しかし近年、守護の中には代官を村々に送り、村人を思うがままに使ったり、税を集める者もいる。また、国司でもないのに地方を支配し、地頭でもないのに税をとったりする者がいる。それらは全て違法なので禁止する。また、代々の御家人といえども、所領を持たない御家人は勝手に大番役につくことはできない。

荘官の中には御家人と偽り、国司や領家の命令に従わない者がいる。このような者は、たとえ望んでも諸役を任せてはならない。また、守護の仕事は頼朝公の決めた時のように大番役を決めることと、謀叛人の取り締まりや殺人事件の調査や犯罪者の逮捕であり、それ以外のことをしてはならない。

この取り決めに背く守護が国司や領家に訴えられたり、あるいは地頭や庶民に対してその非法が明らかになりしだい辞めさせて、新たに適切な者を守護に任命する。また、守護の代官は一人しか決めてはならない。

〔**第四条：同じく守護人、事の由を申さず、罪科の跡を没収する事**〕

（守護が勝手に罪人から所領を没収することの禁止）

→重い犯罪は特に丁寧《ていねい》に取り調べた上で、その結果を幕府に報告し、幕府の指示に従わなくてはならない。このことを行わずに、守護が勝手に罪人から没収した財産を自分のものにすることは許されず、これに従わない者は解任する。また、重罪人であってもその妻子の住む屋敷や家具を没収してはならない。共犯者の場合、没収すべき盗品がなければ不問とする。

〔**第五条：諸国の地頭、年貢所当を抑留せしむる事**〕

（集めた年貢を本所に納めない地頭の処分について）

→年貢を荘園領主に納めない地頭は、領主の要求があれば、すぐそれに従わなくてはならない。不足分はすぐに補うこと。不足分が多く、返しきれない場合は三年のうちに領主に返すこと。これに従わない場合は地頭を解任する。

※こういう件は西国で多く発生したので、特に明記したのだろう。

〔**第六条：国司・領家の成敗は関東御口入《ごこうじゅ》（干渉）に及ばざる事**〕

（国司や領家の裁判には幕府が介入しないこと）

→公領や荘園の領主、あるいは神社や寺が起こす裁判に幕府は介入しない。領主の推薦状がなければ、荘園や寺社の訴えは幕府では取り上げない。
※幕府の徴税役人である地頭が横領・滞納した時の処置についてだが、式目は武士のみ対象。公家が訴える場合、関知しない。

〔第七条：右大将家以後、代々の将軍に二位殿（※政子）の御時に充て給わる所の所領等、本主の訴訟によって改補《かいふ》せらるるや否やの事〕

（右大将家や二位殿から与えられた所領の扱いについて）

↓頼朝公をはじめ、源氏三代の将軍及び二位殿の時に御家人に与えられた所領は、荘園領主などの訴えがあっても権利を奪われることはない。

所領は、戦いの勲功や役所などでの働きによって御家人に拝領されたものであり、きちんとした理由があるものである。にもかかわらず、領主が御家人に配せられた領地を指して『先祖の土地』と言いはり、訴えることは、配せられた御家人にとってはきわめて不満なことである。

したがって、以後このような訴訟は取り上げない。但し、その御家人が罪を犯した場合は領主が訴えることは認める。だが、裁決が下った後に再び訴訟することは禁止する。以前の採決を無視することは許されず、そのような場合は不実であることを書類に記録する。

〔第八条：御下文《おみくだしぶみ》を帯すといえども、知行せしめずして年序（年数）を経る所領の事〕

（御下文を持っていても、実際にその土地を支配していなかった時のこと）

↓頼朝公が取り決めたように、御家人が二十年間支配した土地は元の領主に返す必要はない。しかし、実際には支配していないのに支配していたと偽った者は、証明書を持っていても、その取り決めは適用されない。

※この七条・八条においては、全体の中でもきわめて重要なことが決められている。それには、
　所有している土地の権利は『何に基づいているか』が著されているのである。

この二条は、要するに、現在の領主の知行権を尊重するという現実肯定の考えである。泰時の政治は、基本的には頼朝以来の方針の再確認と体系化にあった。その意味では泰時に創造性はなかった。今までに敷かれた危ういレールをしっかりと直して頑丈なものにするという、多分に現実主義的な路線だった。

ところで、頼朝以来政子に到る間に、与えられた所領が本主（※元々の主）の訴訟から保護される理由は、現在の領主がその所領を得た原因が、その領主の勲功にあったためである。そのことによって与えられたということが、何にも増して権威であるとの見解に基づいている。

泰時から見れば、頼朝から政子に到る時代は理想的な過去として受け止めている。したがって、そこに式目全体の『正義』を置いているのである。

また、特に八条では、二十年間自分の土地としている者は、どんな理由であろうと所有権を認めるというものだ。中にはその由緒が怪しいものもあったかもしれない。しかし、二十年を一つの『時効』と考えたのである。

後の江戸時代でいう『武士道』のようなきっちりした考え方ではなく、現実を見た、むしろ現代的な判断と思える。（※今の法律でも『時効』を認めていることを思えば……）

〔**第九条：謀叛人の事**〕

（謀叛を起こした者の扱い）

↓『先例に任せ』とある。

※裁判官の裁量の幅が大きかったということである。

〔第十条：殺害・刃傷罪科の事〕

（殺害や刃傷などの罪科のこと）

↓言い争いや酔った勢いでのけんかであっても、相手を殺してしまったら殺人罪であり、その身は死刑か流罪とし、財産を没収する。但し、罪を犯した当人以外の父や子が無関係であるならば、その者たちは無罪であり、これは傷害罪についても同様である。

子や孫、あるいは先祖の仇と称して人を殺害した場合は、犯人の父や祖父がそのことを知らなくても同罪とする。結果として、父祖の憤りをなだめるために宿意《しゅくい》を遂げることになったからである。

但し、子が地位や財産を奪うための殺人を犯した場合、父が無関係の場合は無罪とする。

〔第十一条：夫の罪過に依って妻女の所領没収せらるるや否やの事〕

（夫の罪によって妻の財産が没収されるかどうかの判断について）

↓謀叛・殺害ならびに山賊・海賊・夜討ち・強盗などの重罪の場合は、夫の罪であっても妻の領地は没収される。

しかし、夫が口論などによって偶然に相手を傷つけたり殺害してしまったような場合は、妻の罪はないものとする。

※犯行が計画的だったり、罪であることを承知で行った犯罪の場合は、妻もある程度知っていただろうということから夫婦同罪となり、妻の領地も没収された。しかし、計画性のない衝動的な場合は別だとするなど、きわめて男女に関しての冷静な判断だ。

〔**第十二条：悪口の咎の事**〕

（悪口——名誉毀損罪または誣告罪《ぶこく》——について）

→争いの原因となる悪口は、これを禁止する。悪質な悪口は島流し、軽い場合でも牢に入れる。また、裁判中に相手の悪口を言った者は直ちにその者の負けとする。それから、裁判する理由がないのに訴えた場合は、その者の領地を没収し、領地がない場合は流罪とする。

※名誉毀損罪ともいえる。武士たる者のもっとも大切にする『誇り』を傷つける行為については、皆、一も二もなく共感した。以下、一つの事例をあげる。

源授《さずく》と源馴《したがう》が所領争いをした。授は、馴が問注奉行人の悪口を言ったと告げたが、証人を立てて究明するとそれは嘘であった。授は無実の事を構えて相手の悪口を言った罪で拘禁刑に処せられ、身柄は上野《こうずけ》入道日阿《にちあ》にお預けとなる。

※名誉毀損＝悪口罪は現代でもある。

〔**第十三条：人を殴《う》つ咎の事**〕

（他人に暴力をふるうことの罪について）

→人に暴力をふるうことは恨みを買うことであるから、その罪は重い。武士が相手に暴力をふるった場合は領地を没収する。領地がない場合は流罪とする。御家人の家来は牢に入れる。

〔**第十四条：代官の罪過、主人に懸《か》くるや否やの事**〕
（代官の罪が主人に及ぶかどうかの判断について）
↓代官が罪を犯した場合、任命した主人はそのことを幕府に報告すれば主人は無罪とする。但し、主人が代官をかばって報告を怠った場合は主人の領地は没収し、代官は牢に入れる。
代官が年貢を横取りしたり、あるいは先例や法律を破った場合には主人も同罪とする。代官もしくは本所（※公家側）による訴訟が行われる時、鎌倉か六波羅探題により呼び出しがあったにもかかわらず応じなかった者は、主人の領地を没収する。但し、罪の重さによって軽重がある。

〔**第十五条：某書の罪科の事**〕
（偽造文書の罪について）
↓偽の書類を作った者は所領を没収する。領地を持たない者は島流しとする。庶民の場合は顔に焼き印を押す。また、頼まれて偽造文書を作った者も同じ扱いとする。裁判中に嘘をついた者は神社や寺の修理を命じ、それができない者は追放とする。
※証文の偽造については特に罪が重い。次の事例がある。
熊谷直経《なおつね》が、継母の尼真継《しんけい》とその実子である直継《なおつぐ》の遺領を争った。上記の直継は子どもがないままで死んだ。

二人の父の遺言では、

「彼ら二人のうち相続すべき子がない方は譲られた所領を、もう一方に与えなければならない」

と、あった。

そこで、未亡人の尼真継は直継の架空の子をでっち上げて、証拠書類を偽造して提出した。これは見破られて、所領は直経のものとなり、尼の真継は島流しに処せられた。

〔**第十六条：承久の兵乱の時、没収の地の事**〕

（承久の乱の時に没収した領地のこと）

↓承久の乱後に領地を没収された領主のうち、後に敵でなかったことが証明された場合、領地は返還する。すでに返還する領地に入っていた新しい領主には、合戦の時に戦功があった者たちであるから、代わりの領地を与える。

御家人であったにもかかわらず、幕府に敵対した者の罪は重く、死罪の上財産は没収する。但し、今より以後、朝廷の味方であったことが判明した者については特別に許し、財産の五分の一を没収するにとどめる。

※これはなぜか？　乱後十年が経過し、その間幕府に尽くした実績を考慮した。つまり、ここでも『時効』ということだ。

↓御家人以外の下司《げし》や荘官の場合は、今後財産を没収することはしない。なお、領地の本来の領主と称して、財産を没収された時に新たになった領主は違法とし、没収地を返還してほしいなどの訴えが多いが、現在の領主を差しおいて、今になってから調べることは筋違いなので、今後このような訴えは受け入れない。

※承久の乱後十年が経過していたが、混乱は続いていたということだろう。わざわざ式目にその条を入れる必要があったのである。

〔**第十七条：同じき時の合戦の罪過、父子格別の事**〕
（父子が立場を変えて同じ合戦に参加した時の処分について）
→父と子で幕府側と朝廷公家側に別れた時、御家人の場合は賞罰は別々で、罪をもう一方に及ぼすことはない。しかし、西国の武士の場合、父か子か、どちらかが朝廷公家側につけば、本国に残った者も罪を被《こうむ》る。
※西国は鎌倉から見て遠く、元々が公家側なので信用できなかったということだろう。
〔**第十八条：所領を女子に譲り与えて後、不和の儀有るに依って、其の親悔い還すや否やの事**〕
（妻や子に相続した後の所領を返還させる場合のことについて）
→女子と書いてあるが、男子もこれに該当する。親は子に相続した後であっても、所領を取り返すことができる。これは、後の争いを恐れて子に相続することをためらったり、子どもが親に対して道徳に反する行いを押さえたりするためである。
このことが保障されていることによって、相続した者が親に孝行をし、親は安心して子どもを養育することができる。
※公家の法（律令）では、いったん譲った財産は取り戻せなかった。
〔**第十九条：親疎を論ぜず誉養《けんよう》せらるる輩、本主の子孫に違背する事**〕
（忠実を装い、財産を与えられた家来が、主人死亡の後に態度を変えた場合について）
→主人を敬い、よく働いたために、財産やその譲り状を与えられた家来が、主人死亡の後にその恩を忘れて財産を奪おうなどと、子ども等と争った場合、その財産を取り上げて、主人の子ども等にすべてを返還させる。

〔**第二十条：譲状を得たる後、其の子、父母に先だちて死去せしむる後の事**〕

（譲り状を与えた子どもが、親より先に死んだ場合のこと）

↓財産の譲り状を与えた子どもに、生存中でも相続権を変えることもあるのだから、子どもが死んだ場合、御家人は次の相続人を自由に決めてよい。

※『親権』を尊重している。

〔**第二十一条：妻妾、夫の譲りを得て離別せらるる後は、彼の所領を領知するや否やの事**〕

（妻や妾に相続した土地の、離別後の扱いについて）

↓離別した妻や妾に落ち度があった場合は、与えた土地を取り返してよい。しかし、新しい妻や妾を可愛がり、何の落ち度もない前妻や妾を離別した時には、その前妻や妾に与えた土地を取り返すことはできない。

※事例としては以下の件があった。

市河見西《けんざい》と申す者の妻、藤原氏の女《むすめ》は離別されたため、かねての契約どおり、見西が自分に所領を与えるよう訴え出た。ところが見西は、妻が落合泰宗《やすむね》と密通したという重過があるから応じられないと反論した。そのため、荏柄《えがら》社に参籠《さんろう》して無実だという起請文を書かなければならなくなった。

参籠には実地見分役が二名立ち合った。その結果、無実が認められて、約束の所領と屋敷は藤原氏の女（妻）のものとなった。

見西は、密通罪を利用して契約の所領を与えまいとしたが、みごとに失敗した。

〔第二十二条：父母の所領配分の時、義絶に非ずと雖《いえど》も成人の子息に譲り与えざる事〕

（離縁した先妻の子どもに与える財産のことについて）

→家のためによく働いた子どもであるにも関わらず、後妻や、その子らに後継ぎの座を奪われてしまった者には、相続の際に嫡子相続分の五分の一をその子どもに分け与えること。但し、離縁前に多少なりともその子に財産が分けられていた場合はその分を差し引いてもよい。しかし、その子どもが怠け者であったり、不幸者であった場合はその必要がない。

〔第二十三条：女人養子の事〕

（女人の養子のこと）

→夫婦に子どもがなく、夫が死んでしまった後に妻が養子をむかえ、領地を相続させることは『頼朝公の時から』認められていることであり、何ら問題はない。

〔第二十四条：夫の所領を譲り得たる後家《ごけ》、改嫁《かいか》（※再婚）せしむる事〕

（再婚後の後家の所領について）

→夫の死後、妻はその菩提を弔い、式目の定めのとおりに働かなくてはならない。にもかかわらず、新しい夫と結婚するというのはよくない行いである。

後家が再婚するときには、亡き夫から遺産相続された領地を、亡夫の子どもに与えなければならない。子どもがいないときには別の方法を考えて処分する。

〔第二十五条：関東の御家人、公卿を以て婿君と為し、所領を譲るに依って公事の足減少する事〕

（御家人の婿となった公家は、武士としての働きを行うこと）

↓公家といえども御家人としての働きを行うこと。父親が存命中の代行は許されていても、父親の死後はその者が御家人として働かなくてはならないからである。それでもなお、公家としての実家の権威を利用して怠る場合は、所領を相続することを辞退させる。

また、武家の娘が幕府内で働く時に公家のしきたりを入れてはならず、そのような者は所領を治めてはならない。

〔第二十六条：所領を子息に譲り、安堵（※法的確認）の御下文を給わるも、後、其の領を悔い還し、他の子息に譲り与うる事〕

（相続した土地を別の子どもに相続しなおすこと）

↓御家人が所領を子どもに相続し、将軍から証明書をもらっていても、父母の気持ちによって他の子どもに相続を替えることができる。
※『死後の譲状が有効』とした条文であり、現代の法と同じである。

〔第二十七条：未処分の跡（父母が譲状を書き渡さないうちに死んでしまった所領）の事〕

（未処分の財産の分配）

↓御家人が相続のことを決める前に死亡した場合は、残された財産を、働きや能力に応じて妻子に分配すること。

〔第二十八条：虚言を構えて讒訴《ざんそ》を致す事〕

（いつわりの訴えをしてはならない）

↓言葉たくみに人をだますことの罪は大変に重い。所領を望んで虚偽の訴えを起こした者は、その者の領地を没収する。領地がない場合は遠流《おんる》とする。また、役職が欲しいために人を陥れるような嘘をついた者は、その職につくことはできない。

〔第二十九条：本奉行人を閣《さしお》きて、別人に付きて訴訟を企つる事〕

（本来の裁判官をさしおいて、別の裁判官に頼むことの禁止について）

↓裁判を有利に進めるために、担当の裁判官をさしおいて、他の裁判官に頼むことがわかった場合は、調査の間しばらく裁判を休む。そのようなことがあってはならないからである。係の者はそのような二重の取り次ぎをしてはならない。また、裁判が長引き、二十日以上かかった場合は問注所において苦情を述べることができる。

〔第三十条：問注を遂ぐる輩、御成敗を相待たず、検問の書状を執り進む事〕

（問注所の判決を待たずに有力者の書状を手出し、裁判を有利に進めることの禁止）

↓有力者を知る者は得をし、そうでない者は損をするという不公平な裁判を行うと、問注所そのものが信頼を失ってしまうので禁止する。それぞれの言い分は裁判中に述べること。

〔第三十一条：道理無きに依って御成敗を蒙《こうむ》らざる輩、奉行人の偏頗《へんぱ》（※えこひいき）たる由、訴え申す事〕

（裁判官を訴えることの禁止と、誤った判決の防止）

↓偏った裁決だと裁判官を訴えた場合は領地の三分の一を没収し、領地がない場合は追放する。但し、誤った裁決を行った場合にはその裁判官を辞めさせる。

※該当するような裁判官が現実に存在したからこその条項があるのだが、現代でも『裁判官の弾劾裁判』として存在する。

〔第三十二条：盗賊・悪党を所領内に隠し置く事〕

（盗賊や悪党を領内にかくまうことの禁止）

↓地頭は領内に盗賊がいることがわかったら、すみやかに逮捕すること。また、地頭が賊徒をかくまった場合は同罪とする。もし、その疑いがあった場合は鎌倉で取り調べを行うので、その期間中に地頭が国元に帰ることを禁止する。

また、守護所の役人が入れないところ（※地頭の支配外の場所）に賊徒がいたとわかった場合、家来を遣《つか》わしてすみやかに逮捕すること。これを行わない地頭は辞めさせて、代行の者をおくこと。

〔第三十三条：強・窃二盗の罪科の事〕

（強盗と放火犯の罰について）

↓これまでの決まりどおりに、強盗犯は断罪（※首をはねる）とする。放火犯も強盗犯と同じ扱いとし、これらの犯罪をなくすこと。

〔第三十四条：他人の妻を密懐《みっかい》（※密通）する罪科の事〕

（他人の妻と密懐することの禁止）

↓人妻と密通をした御家人は所領の半分を没収する。所領がない場合は遠流とする。相手方の人妻も同じく所領の半分を没収し、ない場合は遠流とする。

また、道路の辻において女性を誘拐することを禁止する。それを行った場合、御家人の場合は百日間の停職とし、郎従以下の一般武士は、頼朝公からの先例にしたがい、片側の髪を剃る。僧侶の場合は、その時々の状況に応じて決める。

※この条については、独立してこの条項だけで表面化することは少なかった。だいたい当時の常識として、妻の密会現場を押さえた夫は、その場で相手の男を切り捨ててもよいと思われていた時代だったのだ。

〔**第三十五条：度々の召文《めしぶみ》（※裁判への召喚状）を給うといえども、参上さざる科の事**〕

（裁判所からの呼び出しに応じない場合の扱について）

→呼び出しを三回無視した者は、原告だけで裁判を行う。原告が負けた場合は、争っている財産や領地は他の御家人に分け与える。

牛馬や下男などは数を調べて返却されるが、呼び出しに応じなかった者は、神社や寺の修理のために寄付をしなくてはならない。

〔**第三十六条：旧き境を改めて相論を致す事**〕

（以前の境界線を持ち出して裁判することについて）

→自分に有利な境界線を申し出て、領地を広げようとする者がいる。仮に、裁判に負けても、今の領地が減らないと思うからである。

今後は、このような訴えがあった場合、現地に調査官を派遣し、厳密に調査して訴えが不当な場合は、奪おうとした領地と同じ面積の土地を、訴えられた者に与える。

〔**第三十七条：関東の御家人、京都（※公家）に申して、傍官の所領の上司《うわつかさ》を望み補せらるる事**〕

（朝廷の領地を奪うことの禁止）

→右大将家（※頼朝公）の時に禁止されたにもかかわらず、いまだに上皇や法皇、またはその女御（※奥方たち）の荘園を侵略する者がいる。今後もこのことを行う御家人は、その所領の一部を没収する。

〔**第三十八条：惣地頭、所領内の名主職《みようしゆしき》を押妨《おうぼう》する事**〕

（惣地頭が、荘園内の他の名主の領地を奪い取ることの禁止）

→地頭の中でも特別に広い所領を持つ者は、「将軍からいただいた領地内だから、全部が自分の勢力範囲」といって、名主が権利を持っている土地を支配することはできない。名主は正式な証明書を持っているからである。それにもかかわらず名主の土地を奪おうとした場合は、名主に別の証明書を発行する。しかし、名主が集めた税を地頭に預けない場合は、その名主を替えてしまう。

〔**第三十九条：官爵《かんしやく》所望の輩、関東の御一行（※幕府の推挙状）を申し請くる事**〕

（官位、職位を望む場合の手続きについて）

→勤勉に働き、その功が認められた者は、公平に吟味した後、幕府の推挙によって朝廷から官位をもらうことができるが、自ら昇進を願って直接朝廷に申し出ることは、誰であっても絶対に禁止する。

但し、受領や検非違使（※二つとも朝廷側の役人）については、幕府の推挙なしに職位をもらってもよい。また、年功により官位をもらう者も今までのとおり制限しない。

※このことは、頼朝と義経の時以来、幕府としての御家人統率の要《かなめ》であった。義経の時は後白河上皇から官位を授けたが、兄の頼朝には無断の行為であった。後白河の幕府分裂をねらう陰謀と頼朝は考え、それに気づかぬ弟の義経を責めた。

御家人は皇室と結びついているのではなく、幕府の郎等（※部下）と、しっかり位置づけたのは以上のようなわけがあった。

〔**第四十条：鎌倉中の僧徒、恣《ほしいまま》に官位を諍う事**〕

（鎌倉在住の僧侶が官位を望むことの禁止について）

↓年少だったり、低位の僧侶が勝手に官位をもらって年長者や高僧を飛び越すようなことは、寺の秩序や仏の教えに背くものである。これは幕府付きの僧侶も同じである。

〔**第四十一条：奴婢雑人の事**〕

（奴婢や雑人のことについて）

↓右大将家の時に定めたように、十年以上使役していない奴婢や雑人（※身分の低い人々。下人・所従）は自由となる。

次に、奴婢の子については、男子の場合は父に、女子は母に属すこととする。

※今後、人身売買の禁止を述べている。泰時の、人々を見る目がわかる（※人を人として扱う心意気）。

しかし、現実には、寛喜の飢饉のあおりによる経済恐慌下では、身売りでもしなければ飢え死にすると考える庶民が多く発生し、一時的に人身売買を許可してしまう。

〔**第四十二条：百姓逃散の時、逃毀《ちょうき》と称して損亡せしむる事**〕

（逃亡した農民の財産について）

↓領内の農民が逃亡したからといって、その妻子をつかまえ、家財を奪うことをしてはならない。未納の年貢がある時は、その不足分のみを支払わせること。また、残った家族がどこに住むかは彼らの自由に任せること。

〔**第四十三条：当知行と称して他人の所領を掠《かす》め給わり、所出物（※年貢）を貪り取る事**〕

（他人の領地をうばい、年貢を奪うことの罪について）

↓理由もなく他人の領地を奪い、年貢や財産を取ることは法（※道理と言ってもいい）に違反している。年貢はすぐに返却すること。

これを行った者の所領は没収する。所領を持たない者は遠流とする。また、まちがって発行した土地の証明書は、以後認めない。

※式目八条の『二十年経《た》てば知行権公認』が曲解される例が頻繁に起こっていたための措置だ。

罪は重くしてある。

〔**第四十四条：傍輩《ぼうはい》の罪過、未断《みだん》以前、彼の所帯を競望《けいぼう》する事**〕

（他人が裁判中の所領を望むことについて）

↓裁決が出る前に、敗訴しそうな者の土地を欲しがり、当事者の不利になることを言って罪に陥れようとすることは許されない。

裁判では、このような、当事者以外の申し状は取り上げない。

〔**第四十五条：罪過の由、披露の時、糺決《きゆうけつ》せられず、所職《しよしき》を改替する事**〕

（判決以前に被告を免職することについて）

→判決が出る前に被告の現職を免職してはならない。有罪・無罪を問わず、きわめて不満を残すことになるからである。十分に調べてから判決を出すこと。

※現代の法律と同じであることに驚く。

〔**第四十六条：所領得替（※交替）の時、前司・新司、沙汰の事**〕

（国司交代時の新任国司と前任国司に関すること）

→徴税は新国司の仕事であるが、その際、前任国司の私物や牛馬・家来を没収したり、恥をかかせてはいけない。但し、以前の領主が罪を犯し、解任された者である時は別である。

〔**第四十七条：不知行の所領の文書を以て、他人の寄附する事**〕

（不知行の所領の書類でもって他人に寄付することの禁止、名主《みようしゆ》が本所にことわりなく領地を寄進することの禁止）

→実効支配していない領地にもかかわらず、有力者に寄進して実効支配を行おうとした者は追放し、受け取った者には寺社の修理を命ずる。また、本所にことわりなく領地を、貴族や寺社に寄進することを禁止する。

これに背いた名主は名主職を奪い、地頭の配下に置く。地頭がいないところでは本所の配下とする。

※ここまでやる者が多くいたということだ。新地頭の土地を、名主が勝手に他に売ってしまうなど、あくどいというか、露骨で誇りがない。
泰時の、為政者としての苦労がしのばれる。

〔**第四十八条：所領を売買する事**〕
（所領を売買することの禁止）
↓御家人が、先祖代々支配していた所領を売ることは問題がないが、将軍から、恩賞として与えられた土地を売買することは禁止する。これを破った者は、売った者も買った者も、ともに罰する。

〔**第四十九条：両方（※原告と被告）の証文、理非顕然《けんねん》の時、対決（※口頭弁論）を遂げんと擬する事**〕
（双方の長所によって判決が出る場合について）
↓原告・被告の提出した書類を調べて、明白に理非が判断できるときは、わざわざ双方を呼び寄せず、直に判決を申し渡す。

〔**第五十条：狼藉の時、子細を知らず其の庭に出て向かう輩の事**〕
（暴力事件の現場に行くことについて）
↓暴力事件が起きた時、その委細を調べに行くことは許されるが、暴力行為に加勢するために行くことは罰する。
※けんか・口論のとき、細かい事情も知らずにその現場に出向いた者のことだが、一方に加勢すれば同罪である。

〔第五十一条：問状《もんじょう》の御教書《みきょうじょ》（※被告への尋問状）を帯して狼藉を致す事〕

（問状を持って被告人を脅《おびやか》かすことについて）

↓受理された訴状に基づき、被告に出される尋問状を原告が手に入れ、その幕府の威力を利用して被告を脅かすことは罪となる。今後は、不当な訴えに対しては尋問状の発行をしない。

※これまで、このように原告（訴える側）が幕府の権威を使って被告（訴えられる側）を不当に脅かすことが多かった。

公正な裁判というものの実現が、いかに困難だったかということであった。

十五　平和の時（パクス＝カマクラ）

この物語の主人公である北条泰時という人物は、今までもところどころで述べてきたが、源頼朝・義経兄弟のような華麗さはなく、父北条義時のように、圧倒的な強い意志を持っているわけでもない。いわば、典型的な英雄が持っている痛快さ、豪快さはない。

彼に、それらに見合うようなものがあるとすれば『誠実』ということか。しかし、あまりにも神《かみ》懸《が》かったその評判は、どこか胡散臭《うさんくさ》く、作られたイメージであるように感じられる。

あるいは、そのとおりの人柄だったと仮定すれば、面白みのない、石垣直角的で生真面目な英雄ということになる。

戦の指揮を現場で直接執れば、だいたい失敗するので、最高司令官として君臨するだけで、戦術は駄目だった。義経のような鮮やかさはないのだ。

だが、不思議なことに、彼は部下からの人気があった。なぜだろう？

それらについても、今まで（和田合戦の場合等）述べてきたが、究極的には、彼は『自分を知っていた』ということかもしれない。父や頼朝に比肩し得る力はないと、謙虚に、いや、正直に思っていたのだろう。その思いが、まわりにいる者たちに広まっていったに違いない。

——天才たちのあとを継いだ凡人が、結局、天才を超えたということか——。

☆

鎌倉時代を俯瞰してみる。

それまでの、寄進地系荘園制がくずれ、各地の荘園は、京都にいる公家たちの所有から、現実に、現地で実際に田畑を耕している農場主のものになった。

このことは、価値観にも多大に影響した。地に足がついた現実が大事になった。たとえば、芸術界では写実的な彫刻が主流になり、絵画や文学もそのようになった。そして、宗教においてその影響は甚だしい。

☆

源頼朝の脳裏にあった武家政権の理念は、その死後、尼になって、時に尼将軍などといわれた北条政子と、その弟の北条義時が誰よりもよく理解していた。そして、それは北条泰時に到ってほぼ実現される。

奇妙なことに、源頼朝の血統が絶えてからの方が政権が安定した。そして、政権を運営していく北条一族は、華麗な源氏の御曹子たちと違い、質実であり、農場主の親玉のようだった。

実質上の『王』であるにもかかわらず、王になる気は毛《け》ほども見せなかった。京都の朝廷からもらう官職は、代々『相模守《さがみのかみ》』である。神奈川県知事が日本国の宰領役を務め続けたことになる。

歴代の執権は、民に対して〝公平仁慈〟を旨とした。それが、土臭い武士たちの心をよく掴んだ。

貞永元年（一二三二年）の御成敗式目制定は、武士たちに法治国家の秩序と公平さを教えた。そして、これを土台にして、政権の安定を具体的に図るための経済政策をいくつか実施していくことになった。

☆

これらは、平和を得て初めて可能なことであった。法ができたとはいえ、まだ飢饉などの経済的苦境を抜け出したわけではなく、苦しい生活を強いられている状態だ。

当時の政治は半封建制ともいえる。要するに、幕府が口を出せる範囲がだいぶ限定されていた。たとえば、御家人の領地内のことや本所（※国司領）の荘園内のことなどは、各々の知行地ということで個人に任される。さらに、農地での生産性は、あとになると二毛作などで少し改められるが、あまりよくない。

こうした中で、執権職の泰時は、自らも贅沢を極力避けた生活をして律したが、その行為が案外御家人たちには宣伝効果となった。

泰時がこの頃取り組んだ中で、かなり目立つのは経済政策である。

一つは、大陸にある宋（※まもなく元に滅ぼされるが……）と直接貿易船が鎌倉に入れるようにしたことがあげられる。一般的には西日本経由で来る貿易品は、東日本に到着するまでには時間も費用もかかる。今や実質上日本の首都である鎌倉に、外国船が来るべきとの声も上がっていたが、海岸は、悪いことに遠浅の砂浜だ。岸壁がないのだ。大型船の往来が増えて事故も多くなっている。

そういう状況の中で、往阿弥陀仏という僧侶が登場してくる。以前、筑前（※福岡県）宗像郡の鐘ケ崎という海辺の村に、島を築いて防波堤とし、災害を防いだという。

彼が鎌倉に来て、その築造技術を使ってくれた。由比ガ浜の東半分を材木座と呼んでおり、その東端に現在もあるが、『和賀江島』が建設された。大型船が停泊できない砂浜を一部改良して貿易港にする計画だ。泰時は大いに喜び、金銭面・人材面で強力に援助して完成させた。

現在、満潮時には全域が海面より下となり、見えることはないが、干潮になると二百メートルほどの長さの石積みの姿が現れる。

当時の貿易品として、日本の輸出品は、金・銀・真珠・水銀・硫黄・銅・螺鈿《らでん》・日本刀・扇・蒔絵《まきえ》などであり、大陸からの輸入品は、銅銭・香料・薬品・書籍・経典・文房具・唐画・工芸品・茶・織物などであった。特に銅銭の需要が多くなってきており、流通経済発展の萌芽が見られている。

当時、国内での貨幣製造はほとんどなかったが、宋銭が輸入されてさかんに使われた。自国で苦労して製造するより経費が安かったのだ。また、当時の貨幣は金銀などの貴金属は使用していないので、いわゆる兌換《だかん》通貨（※表示してある数字の金と交換できる）ではない。発行した政府の信用で成り立っており、その意味では現代的だ。金銀は贈答や工芸品の素材などとして用いられる程度で、支払い手段としては、もっぱら輸入の銅銭が使われていた。

二番目は、交通網の整備があげられる。京都と鎌倉との間には、連絡・通信・折衝・その他の要務のため、使節や飛脚の往来が絶えなかったが、この両都市を結ぶ大動脈は東海道であった。元来、東海道は、その重要度において東山道に遠く及ばなかったのだが、その地位はしだいに逆転し、特に鎌倉幕府成立により、東海道の交通的役割は絶大なものとなった。

幕府と朝廷との間の、円滑・迅速な連絡、そのための交通は不可欠な条件であるため、歴代の指導者たちは、東海道の道路・橋梁の整備に力を注いだ。特に『駅の制度』を設けてその実現を図った。

駅の制度とは、東海道中の、比較的人が集まる集落に輸送用の馬を常備させ、幕府から許可を受けた使節や飛脚が乗り継いで利用し、迅速に動けるようにさせたシステムだ。泰時の時代は戦乱がなかったせいか、施設設備は充実していった。その結果、京都・鎌倉間の行程は、ふつう十二〜十三日間かかったものが、わずか三〜四日で到達できるようになった。

三番目として、これも交通網の整備には違いないのだが防衛上の問題の方が大きい。新しい切通しを二本通させた。今でいう『巨福呂坂《こぶくろざか》』と『朝比奈切通し』である。

切通しと呼ばれる狭道は、もともと三方が山に囲まれた鎌倉に入るのに、山の一部を狭く切って通させたのである。

鎌倉は軍事都市の機能を持ち、敵の攻撃から防御しやすい。北部と東西が山で囲まれているが、南側は海だ。貿易もしやすい。この都市を、経済都市としての機能も持たせるべく進めたのが切通しである。山の斜面を狭く切り崩し、両側が切り立った崖となっている。大量の人、または大型荷物が通過しにくいように、巨石を道の真ん中に置くなど、わざと通りにくくしてあるところもある。

現在、七つ残っている。――極楽寺坂、大仏坂、化粧《けわい》坂、亀ケ谷《かめがやつ》坂、巨福呂坂、朝比奈切通し、名《な》越坂《ごえ》――と名がついている。このうち泰時の指示で開通した二本の切通しは、現在も重要な交通路となっている。

巨福呂坂は、山内《やまのうち》（※今の北鎌倉あたり）と鎌倉をつなぐ道をつくり、やがて時頼や時宗の頃になるが、建長寺や円覚寺などの大きな寺院建築が建ち並ぶ文化の中心地となる。

また、朝比奈切通しは、六浦《むつら》と呼ばれた現在の横浜市金沢区とを結ぶ道（※六浦道）をつくった。

これにより、材木座海岸だけでは賄えない、貿易船からの商品流通を大いに助けたのである。

☆

次に、経済政策とは違うが、文化という見方からすれば二つほど顕著なことがあった。

一つ目。泰時の宗教に対する姿勢のことである。以前述べた明恵とのこともあったろうが、とりあえず特定の宗派にはこだわらず、仏寺・神社には経済的保証をする。しかし、僧や神官というものは一途に修行を積む者をいうのであり、破戒者であってはならない。したがって、一部の寺の僧兵については、武器を持つこともあるので弾圧する。

さらに、念仏者たちのことである。以下、簡単に述べる。

いわゆる他力本願の、法然の『浄土宗』、特に親鸞の創成した『浄土真宗』が問題になった。彼らは明恵と異なり、僧と俗の差を否定した。そして、戒律も否定することによって仏教を一般に開放した。その点で明恵とは対照的であり、親鸞においてそれは特に顕著であった。

しかし、親鸞の門徒の中には、その教説の理解を誤り、ことさらに魚や鳥などの肉食をし、女性を招き、徒党を組んで酒宴を好むなど、目を覆わせる念仏者たちがいたのだ。

泰時としたら、やはり、これらは仏教を志す者にあるまじき行為として禁止せざるを得なかった。

念仏禁止令が嘉禎元年（一二三五年）に出されたのも、前述の、僧兵の武力行動に対するのと同じ意味を持っていた。

もし泰時自身が、明恵に対したのと同じように親鸞個人に会っていれば、親鸞の優れた人格に魅かれ、事情は変わっていたかもしれないが、現実はそうならなかった。為政者の立場としては、親鸞の仏教観（※平等意識）からも到底見過ごすわけにはいかなかった。

このあたりが、現代人が考える泰時の人格とは違うところだろう。

二つ目が、現在も残っている、いわゆる鎌倉大仏の建立である。正しくは『高徳院阿弥陀如来像』というが、わかっていないことが結構多い。

遠江（※静岡）の人で浄光という僧が、暦仁元年（一二三八年）から勧進（※寄付集め）を開始した。やがて泰時も協力したらしく、仁治二年（一二四一年）になって上棟されたが、仏像としての供養儀式は、泰時死去ののち、寛元元年（一二四三年）に行われた。

できあがった大仏は、この頃は木像製だったようだ。その後、建長四年（一二五二年）金銅仏に鋳直《いなお》されたとのことだ。現在の大仏の高さは約十一・四メートルある。記録（※『東関紀行』）には高さ八丈とある。『丈』が度量衡単位でいえば『尺の十倍』となり、一丈とは約三メートルだ。八丈は二十四メートル、しかも建立当時は木造だったという。その高さについてはとても信じられない。

余談だが……。

当時は奈良大仏のように、大仏を覆う建物があり、見物人が多かったらしい。また、建物があったということは、人々は真下から見上げて拝む形になるので、作られた大仏自体も背を丸める形になっている。

この建物についてもはっきりしないが、地形的に見て、大風・地震などの災害があると、海からの津波が襲い、陸の内側まで進入して建物を破壊したと思われる。こうした災害が何回あったかわからないが、最終的には室町時代に現在のようになって以来、大仏は外に端座したままである。

☆

さて、このような、泰時の五十歳代中頃の鎌倉の様子は、ローマ時代の一時の平和を表す言葉である『パックス・ロマーナ（ローマによる平和）』の鎌倉時代版と言ったら多少わかりやすい。

その平和は、承久の乱終了から泰時が亡くなるあたりまでの二十年間だが、とにかく平和は続いたのである。それまでの積み重ねとともに、泰時の『道理』と『組織重視』が御家人たちに浸み通っていたのだろうか。

泰時は、次の時代を任すべき子を二人とも失っている。何とか孫二人が元服をして、もう少しがんばれば……という時期になってきた。

☆

嘉禎三年（一二三七年）四月、二番目の孫の五郎が元服し終わってから、泰時は、上の孫の四郎も呼んで、二人の孫と一日過ごすことにした。泰時は数えで五十五歳の頃である。孫たちは、それぞれ、長男四郎経時十四歳、二男五郎時頼が十一歳となった。

彼らの父親は泰時の長男だった北条時氏。数えで二十七歳という若さで病死している。経時、時頼兄弟の人相風体については、作家永井路子氏著『執念の家譜』の記述が興味深い。

――兄の方の四郎経時だが、体のあまり丈夫でない痩《や》せぎすの青年で、細い女性的な声の持ち主である。めったに笑顔を見せず、たまに笑うときでも、眉間にしわを寄せるのが、妙に暗い感じを与えた――。

そして、弟の五郎時頼については、

――いろいろの点で兄とは正反対だった。がっしりした短軀《たんく》・猪首《いくび》で、目が大きく、耳たぶが垂れている。……少年時代、すでに、祖父の泰時から『器量兄に勝る』と折紙をつけられていた……――。

また、二人の事蹟としては、

経時は、祖父北条泰時のあとを継いで、若くして執権となる。主な業績としては、自立し始めた四代将軍頼経を廃して、その子の頼嗣《よりつぐ》を将軍とした。しかし二十三歳で病気になって、弟に執権職を譲り、死去。

時頼は、兄の経時から執権の地位を譲られた。まだ二十歳になるかどうかだったのは兄の時と同じだ。執権になって早々、頼経一派ら反対派を一掃したのは辣腕《らつわん》だ。また、翌年になると、有力御家人の三浦氏を滅ぼした（※宝治合戦）。そして、数年後には評定衆の下に『引付衆』という組織を設置し、執権職より得宗家（※北条氏本家）を上とした。いわば、強力な指導力を発揮した。

三十歳になったぐらいで、自分は表向きフリーになり、『最明寺入道《さいみょうじにゅうどう》』として諸国をまわったとの伝説がある。

☆

この二人が、まだ元服そこそこの頃、祖父の泰時が、めずらしく孫二人を自邸に招いたのである。

大人扱いされたとはいえ、現在の満年齢で考えれば、中学一年生と小学四年生といったところだ。

二人は、偉大な祖父から招かれた理由をだいたい察している。亡き父に替わり、将来の幕府を背負う自分たちに訓辞をいただくことになる……と。

先にも記したが、泰時は数えで五十五歳となり、当時としたら十分に老齢であった。ようやく、後継ぎたる孫が大人になる。自分の役目もそろそろ終わる時期が近づいていると感じている。

父の北条義時から執権を引き継いで既に十三年。伯母の北条政子も亡くなり、当初は不安定な船出だった。強力な指導力もなく、輝かしい戦績もなかった泰時だったが、持ち前の発想はよく、部下の意見をよく聞き、御家人たちの望む政治を組織力で実践していった結果、それまで不可能だった戦乱のない『平和』を築きあげた。

二人の孫は、母や側近たちから祖父のことをいろいろ聞いていた。たとえば、二人がまだ幼かった頃に起きた『寛喜の飢饉』の時のこと。祖父は、民の窮状に鑑み、自らの食事を一日一食、しかも一汁一菜にしたとのことだ。ふつう、武士としてとても身が保《も》つものではなく、まわりの者たちはみな、改めるように具申したが、止めなかったという。

「この窮状を救えない自分は、執権として失格だ。せめて自分にムチ打たないと、誰が許してくれるものか」

それから『質素倹約』のことだ。泰時は、自らの邸宅に金をかけないことで有名だ。

「自分の家はあばら家《や》で十分。自分の政治が民を充足するものであれば、屋敷などはこれでよい。人は無用心というが、政治が悪ければ、いくら屋敷を立派にして警護を厳重にしてもムダだ。じきに攻撃されるさ」

孫たちも、以上のことはよく承知している。だから、今日はお祝いらしいものもないだろうと思っていたが、その日に用意された食膳は、噂の泰時のことからしたら、それでも破格の献立だった。副食として、打鮑《うちあわび》・海月《くらげ》・梅干・鮭の楚割《すわやり》、それに酢と塩が添えられ、主食の米飯があった。

てっきり飯のみの食膳と思っていた二人は呆気にとられていた。

泰時は言う。

「今日は、わしにとっては、これでも饗応のつもりだ。そう何回もやることではない。まだ飢饉の影響が残っているのだから……」

さらにつけ加える。

「今日はな、二人とも大人《おとな》として扱う。大事な機会だ。まあ、この爺の話をよく聞いておくことだ。二度はないぞ」

「はい……」

唾を飲み込む二人。

☆

『天網恢々《てんもうかいかい》、疎にして漏らさず』という言葉がある。もともとは、悪事に対して天の監視の目は、一見してまばらだが、最後には漏らさず捕えるという意味だが、わしは、これを自分の政治として見るとどうかと解釈している。つまり、網の目はまばらで大ざっぱだが、大事なものは失わないというふうにだ。

これはな、四郎（※経時）、特におまえは生真面目すぎるところがあるからな。日頃何でもかんでも完璧にこなそうとすると、肩に余分な力が入って、却って当初の目的が達成されないことが多い。

だがな、おまえの生真面目さは、実はわしによく似ているのだ。わしはその性格を以て生きてきた。他人から見ると、面白みの少ない人間かもしれんが、自分を目立たせず、他の力量のある人をうまく使うことができる性格だ。そこを見込んでいる。

長男の四郎はわしのあとを継ぐことになるやもしれん。その時はな、わしにとっての時房叔父のような、信頼できる伴走者が必要になるだろう。実時《さねとき》（※北条実時→金沢文庫創設などで歴史上有名。「武」だけでなく、「文」が重要と認識していた泰時の姿勢がわかる）を頼ることだ。

それから、次に五郎のことだが、同じ兄弟といっても、それぞれに違う長所を持っているものと感心している。おまえは、やることは兄と違って大ざっぱなところがあるが、わしが見るところ『根っこ』の部分が丈夫なような気がする。

つまり、遠まわりする人生かもしれんが、やがて大きく実を結ぶことがあるような予感がある。しかし、今は兄を助けよ。

☆

先ほどの話に戻るが、『天の網』とは『鳥瞰の目』だ。『疎にして漏らさず』は『虫瞰の目』ともいうべき、現場の第一線で働いている人がどんな苦労をしているか、どんな生活感情を持っているかを知る目である。

人心を治める者は鳥瞰的な考え方が第一である。しかし、低位にうごめく人々の考えや行動を知ってこそ世情は安定し、真に『仁政』が執れるものである。

泰時の心には、二人の各々異質な才が見え隠れする。孫たちは泰時の話をどう受けとめていったのだろうか。泰時は、二人にいろいろな話を聞かせた。とりとめのないものもあったが、大筋は次の五点についての話だった。

一、初めに『北条ありき』はない。

二、なぜ将軍親政でなく執権政治なのか。

三、今、なぜ平和を保っていられるのか。

四、孫たちの世代の課題は何か。

五、もののふの道を忘れぬこと。

特に最後のことが、今思えば鎌倉武士のあるべき姿であり、泰時の言う『道理』そのものだろう。

「人として恥ずかしいことをするな」

恥ずかしいこととはどんなことなのか。それはいろいろな場面によって違う判断をすることもあるが、この一言『名こそ惜しけれ』の倫理観を以て鎌倉武士は正義を決めた。

それまでの、公家たちの生き方には倫理と呼べる価値観はなかった。仏教や神道による宗教的な考えで生きてきたのだ。鎌倉時代になり、元々農民であった武士たちの、足が地についた生き方をしていく中で、結晶のように澄んだ価値観ができてきた。

『名こそ惜しけれ』、いい言葉だ。これを以てそれからの日本人は全く変わった。借りものの価値観から、日本自前のものが作られたのである。今もってそれは生きている。

それを泰時は、二人の孫たちにくどくどと話した。それらの話の効果は、やがて彼らが政権を率いる立場になった時に、ごく自然に浸み出てきたのである。

☆

ところで、『吾妻鏡』では、まだ少年のこの時期に、弟の時頼の資質の優秀さを泰時が誉めている記述がある。

たとえば、御家人同士のけんかがあった。しかも有力な御家人の一族たちだ。ちなみに、三浦一族と小山氏の一族との間ということである。

この時、泰時は、経時・時頼の二人に対応させてみた。すると、兄の経時は、三浦泰村が北条の婿になっていたので、自分の家人を三浦氏側に助勢させた。しかし、弟の時頼は、この事態を見てどちらにも味方しない。

つまり、静観した。

それを、泰時は次のように評価したというのだ。

将軍後見の立場にある北条氏としては、御家人の紛争があったとしても、超然として公平な処置を行うべきである。しかるに、経時の処置は慎重さを欠くとして謹慎を命じたとあり、時頼には逆に、一つの村を褒美として与えたとある。

のちの名執権北条時頼を予見している内容だが、どうも後付けのような気がするのだ。

十六　終章

後鳥羽という天皇の諡《おくりな》は、歴代の中でも特に有名だ。それは、鎌倉時代に、承久の乱を起こした人として歴史の教科書でも取り上げられているので、広く知られている。政治の主体が公家から武士に変化していく過程で、決定的な力の違いが明らかになった戦いのことである。

ここで対立したのは、武士側で北条義時が代表格。その姉で源頼朝未亡人の北条政子は幕府の象徴的な役割を負う。戦いの先頭に立ったのが北条泰時と叔父の北条時房だった。京都の公家側は、後鳥羽上皇が指導者と象徴的役目。実践には二位法印尊長が参謀としており、その他、北面・西面の武士となった者たちであった。

戦いが始まると、あっけないほどの幕切れとなり、圧倒的に武士側が完全な勝利者となった。ただ、この乱は表に見える結果・現象だけでは解決しない、日本という国の、歴史の中の矛盾点を知る必要がある。当時の武士が持つ皇室への本能的な畏怖の心を知らなければ本当のところはわからない。天皇は即物的な力を持たないが、人々の精神を支配する。それは宗教と同じだといえばそうである。

この物語は承久の乱を戦い、その後、鎌倉時代の安定期を創成した北条泰時を描いてきたが、人生の終末期にいよいよ入ってきた。ここに到って、再び後鳥羽院の影が出てくる。

天皇は、位《くらい》にある時は『今上《きんじょう》』であり、その後隠居すると『院』と呼ばれる。そして命が尽きると、初めて諡《おくりな》がつけられ、正式に歴史系図上の○○天皇となる。

後鳥羽と呼ばれる天皇（※あるいは、その後の上皇の方が有名だが）の諡は、最初『顕徳』とされた。ところが、数年経ち後鳥羽と変更された。長い皇室の歴史で空前絶後のことであり、そうなるには当時の、ある深刻な事情があった。中世の人々の心に巣喰う怨霊伝説だ。

延応元年（一二三九年）三月、鎌倉に京都から親書が届いた。隠岐におられる院（※後鳥羽）崩御の知らせだ。先月の二十二日、六十歳だった。隠岐での生活は満十八年に及んだ。なお、遺体は現地での院の在所の近くの山（※勝田山）で荼毘に付されたとのことだった。生前の希望がかなうことなく、流刑先で亡くなったのである。

この知らせを受けた泰時は、安堵の思いを抱くとともに、心に淀んでいた黒い泥水の範囲が広がっていくのを感じていた。これでよかったのだという政治家としての感慨と、

（地獄に堕《お》ちるな、自分は……）

という一人の道徳家としての思いが交錯していた。

十八年前にあった承久の乱のその後の措置は、寸分もまちがったものではないという確信がある。それにもかかわらず、院崩御の知らせを受けてしばらくすると、彼は床に臥《が》した。

その頃のことだが、泰時の叔父にあたり、長年執権連署として、泰時と二人三脚で幕府を背負ってきた北条時房に関して興味深いエピソードがある。

宴会をしていた時房はしたたかに大杯し、酔いもまわっていた。もう六十代半ばを過ぎているので、まわりの者たちも多少心配している。そうしているうちに、彼の元へ小者が一つの知らせを伝えにきた。

――北条泰時が病に伏せっている――というのだ。

泰時は、最近よく具合が悪いことがあるのだが、今回は、後鳥羽院崩御直後のことでもある。それに、わざわざ知らせがきたということは、体調の悪さはいつもより深刻なのかもしれない。

まわりの者たちは、しきりに、

「すぐ見舞いに行った方がよい」

と、時房に言う。

「飲んでいる場合ではない容態かもしれないぞ」

事実そうだったかもしれない。しかし、時房は、酔っぱらった結果の『売り言葉に買い言葉』で豪快なことを吐いた。

「宴会は続ける。なぜ止めなければならんのだ。俺が飲んでいられるのは泰時殿がおられるからこそだ」

だったらすぐ行かなければ……と、まわりは言う。

「わからん奴らよ。泰時殿は病か？　だったら生きているということだろう。わしが安心して、こうして大杯できるのは、彼が生きている間だけだ。亡くなればわしの酒はなくなる。それどころか、幕府も御家人も、崩れるのは目に見えている。だから、わしは、今こそ飲んでいるのだ」

一見、支離滅裂なことを言っているようだが、二人の信頼関係の強さを表している。と同時に、泰時の政治が、いかに武士たちに信頼されているか。逆に言えば、泰時のやり方が、他の者では賄えないという危ういものであったとも言える。

☆

北条泰時の、よく均衡の保たれた思考の基礎は、他者に対する優しさだが、持って生まれた性質に負うところが多かった。

このような人は世の中に大勢いる。しかし、一国の指導者となってからもその姿勢を貫いた人は、古今東西ほとんどいない。おそらく、生まれつき備わっていた素質に経験が加わって、やがて『道理の人』と評判をとった政治家（※執権）になったのだろう。

以前、第九章で述べたが、簡単に繰り返す。

——それは、ある僧との出会いも一つのきっかけとなったことはすでに述べた。その僧の名は明恵だ。宗旨は奈良に本拠を置く南都六宗の一つの華厳宗。殺伐とした戦時生活の中で、人としての心の光明に出会った思いであったろう。もしその時、別の人、たとえば親鸞あたりと出会っていたらどうなっただろうとは思う。

明恵の宗派は、奈良時代以来の鎮護国家の流れが根底にある。治める側の人間としてはちょうど合ったものかもしれなかった。

明恵は、のちに泰時に言う。

「政治を行う者が生き方の手本を示せ」

だが、親鸞の場合は違う。生き方の手本とは言わない。

「自分の魂が救われたい。そのために一心不乱になること。それが他をも救う」

泰時は明恵を選び、親鸞の念仏宗は邪宗として嫌うのだ。そのため、つまり一公人としての価値観を選択したので、一生涯私人としての価値観との狭間で苦しむことになる。

泰時の病の原因は、老齢による体力の衰えがあったかもしれないが、多くは長い間の緊張感から解き放たれた、精神的な気の迷いから起こっていると考えるべきであろう。

直接的には後鳥羽院の死である。一時的には重荷から解放された安堵感が優先したが、時が経つにしたがい、その怨念という魔物が心に巣喰うようになっていった。

道理をもって生きてきた泰時だ。プラス面の現象として、それにより不安定だった御家人中心の社会を安定させてきたし、敵対していた公家側からの評判も悪くはなかった。

そういう、世の誰もが望んでいた平和な時代を二十年間作ってきたのである。皆、泰時を誉め、非難の声はない。しかし、泰時自身の心だけは違っていた。

（道理に反していたのではないか、後鳥羽院とのことは……）

決して他人には言ったことがない。

承久の乱のことも、父北条義時が皇室を敵として戦ったことも、まちがったことではなかった。だからこそ天が味方したのだと思ってはいる。

そして、自分が置かれた立場を考えれば、やることははっきりしていた。幕府創立の始祖である源頼朝が理想とした武家の世を作ることであった。それもある程度叶《かな》ってきた。だが、自分の奥底にある、温和で思いやりの深い心では、受け継いできた重い荷に対して、もう老いた彼が持ちこたえることが困難になってきた実感がある。

病に陥り、夢をみることが多くなった。その夢によく後鳥羽院が現れた。

☆

承久の乱を起こした後鳥羽院は鎌倉側に敗れた。この時、鎌倉側の軍を指揮したのが泰時と時房だったのである。

院は日本海に浮かぶ隠岐の島に流され、そこで生涯を終わらせた。その間、三回ほど帰京の動きがあった。

――一回目、嘉禄二年（一二二六年）。院の使者、高倉清範が隠岐から入京した。表向きの理由は清範の『老母重病』のためとした。院の帰京許可の噂があったので探りを入れたのだが、空しい結果に終わった。

――二回目、寛喜三年（一二三一年）。源家長という藤原定家の歌人仲間が動く。寛喜の飢饉の原因が後鳥羽院の強い怨念のせいだとの風聞の中、赦されるかと期待したが、これも不発に終わる。

――三回目、嘉禎元年（一二三五年）。前年に後堀河院が没となり、後鳥羽院の怨念説並びに院死亡による徳政もしくは恩赦があるとの噂が広がる。今回は、実は根拠のない噂だけではなかった。京方・鎌倉方、それぞれの有力者が会談した事実があったのだ。九条道家（※京方）、中原師員《もろかず》（※鎌倉方）が協力したが、結局不発となった。その理由は、珍しいことだが、北条泰時による頑《がん》とした明瞭な拒否返答であった。

泰時がこだわったのは皇室の『血統』である。後鳥羽系ではない皇室の血筋（※守貞系）の基盤の脆弱さを危惧した。まだ承久の乱を人々は忘れてはいない。何としても守貞系の血筋で皇室を成り立たせたいと思った。そのため幕府は、無用な混乱を避けるため、後鳥羽院の帰京問題を封印した。第二の承久の乱が起こることを恐れたのである。

☆

延応元年（一二三九年）二月二十六日。六十歳の生涯を閉じた後鳥羽院崩御の知らせが鎌倉に届いたのは翌三月になってからであった。

以後、偶然のことであろうが、天変が何度となく起こる。中世の人々は現代人とは比較にならないほど迷信に支配されていた。たとえば、四月になると、まず地震が起こった。それから、別の日だが、晴天の夜なのに予定されていた月蝕が起きない。また、二十五日になると、泰時が病に陥る。そして時房の狂気のような宴会だ……。

鎌倉の雀たちは、秘かに噂し合うようになった。

「祟りだ、院の……」

但し、この騒ぎは後鳥羽院自身が起こしたものではない。その理由をあげる。院が亡くなる一年半前頃、自身で置文《おきぶみ》している。

死期を悟ったと思われる後鳥羽院が浄土信仰に励み、自己の来世への願いや不安を書き残している。自らの後半生を悔やみながらも、子孫に皇位が巡ってくることを期待している。しかし、自らがこの世に大きな怨みを残していることから、魂が怨霊化することを恐れた。

迷いながらもそれを必死に否定し、子孫やまわりの者へは、ただひたすらに死後の菩提を供養し、成仏することのみを願っていると話すなど、弱い姿が垣間見える。こういうことは、いつの間にか広がり、どんどん尾ひれがつく。世の噂が盛り上がるわけである。

☆

不安が鎌倉中を駆け巡る。そうしているうちに十二月五日には三浦義村が死亡する。彼は承久の乱開始後、後鳥羽院から離反を期待されながら、北条義時追討の院宣を幕府に知らせた人物である。

そして、翌年の一月二十四日、北条時房が六十六歳で亡くなった。この時点で『祟り』の噂は最高潮になった。もちろん、祟られる張本人の泰時がもっともそのことを意識したに違いなかったろう。それまで伝説のようになっていた泰時の評判『道理の人』の人格に陰《かげ》りが見えてきた。

北条泰時は、道理・道徳を以て生きてきた人だ。その心の奥には天皇に対する畏怖があったはずだが、それを、執権の職に座している時は封印していた。しかし、宿敵たる後鳥羽院が没した時、ピンと張った弦が切れてしまったのか、以後、後鳥羽院の亡霊に悩まされ、病に伏せることが多くなった。

このようすは、泰時を知る者たちからすると、全く信じられないほどの態様だった。冷静沈着で、中庸を重んじる温和な人柄で知られるのに、こうもうろたえるとは……。

側近たちは、この様子を世間に知られてはなるまいと思った。

☆

二年後の仁治三年（一二四二年）、正月を迎えたばかりの九日のこと、四条天皇が、何とわずか十二歳で死んでしまった。廊下で転倒してのことだが、前代未聞の事故だ。この天皇は承久の乱後に立てた後堀河天皇の子である。

後鳥羽院の血筋をはずして擁立したのだから祟られたと、噂がまた広がった。

まだ少年だった四条天皇に後継ぎがいるはずもなく、皇位継承の論争が巻き起こったが、泰時の意見によって、承久の乱で中立的立場を取った土御門《つちみかど》院の皇子を即位させることになり、ここに第八十八代の後嵯峨天皇が成立した。このことは、巷の噂人たちには番狂わせの感があった。

後鳥羽院の系譜は絶たれ、島流しになった後鳥羽院の子孫は、永遠に皇統から排除されるものと誰もが思っていた。

ところが、土御門院は後鳥羽院の皇子の一人なので、後嵯峨天皇は後鳥羽院の孫にあたる。すると、四条天皇の命を奪ったのが後鳥羽院の怨霊であるという指摘は妙に説得力を持つものとなった。

☆

この年の六月に泰時は死ぬ。しかも、史書によれば、苦しんで高熱を出して悶絶とある。

泰時は、後鳥羽院の死あたりから、繰り返し病気で臥すことが多くなった。今で言えば病名は何だったのだろう。亡くなった時の記述では、

「前後不覚、温気火の如し、人以て其傍に寄り付かず」（※『平戸記』）

高熱を発し、苦しんだとあるので、よく言われるのは、赤痢などの伝染病が原因で、やがて猩紅熱《しょうこうねつ》とか髄膜炎、腸チフスを発したなどだが、平清盛の死のようすとよく似ている。

亡くなったのが真夏（※陰暦の六月は現在の七月）であり、数年前から度々の病で……と考えると、当時『瘧《おこり》』という病名で広がっていたハマダラ蚊によるマラリアとも言えるのかもしれない。熱帯性

マラリア以外は慢性化する。つまり、高熱が間隔をおいて起こる泰時の症状を見れば、遠からずと言えるのではないだろうか。

最初は、後鳥羽院の死に影響を受けた心因性の病気だったかもしれないが、老齢と体力の消耗が加わったところへ、相変らずの激務が続いていたのが大きかった。

☆

そこには、『道理』を以て人間の心の琴線に触れる泰時のやり方に、時代を超えた人気を与えてきたのだろう。

『吾妻鏡』に残る記述を中心とした北条泰時の生涯は、聖人君子を思わせるような、誰が見ても手本となるような政治家としての印象を作ってきた。

しかし、その人間像は、あくまで当時の社会を見据えた上で、泰時という人間の元々あった素晴らしさを、意図的に、さらに理想化して記述していったと思われるところがある。臨終の際の『うなされ、苦しんで』死ぬところに真実の姿があったのかもしれない。

☆

泰時の人生は、本人が思いもかけない波乱のものとなった。だが、長い時間が過ぎたあと、彼の評価は、源頼朝が願った理想を実現させた人としても、のちの世に記憶されたのである。

〔完〕

参考文献一覧

「北条泰時」　上横手雅敬　吉川弘文館　一九五八年
「北条義時」　安田元久　吉川弘文館　一九六一年
「吾妻鏡（現代語訳）」　五味文彦他編　吉川弘文館　二〇一〇年
「吾妻鏡の謎」　奥富敬之　吉川弘文館　二〇〇九年
「吾妻鏡事典」　佐藤和彦・谷口榮　東京堂出版　二〇〇七年
「承久記」　松林靖明註　現代思潮社　一九九二年
「承久の乱と後鳥羽院―敗者の日本史6」　関幸彦　吉川弘文館　二〇一二年
「承久記」〈承久の乱・対談抜粋　松林靖明・森秀人〉（新撰日本古典文庫1）　現代思潮社　一九七四年
「増鏡」　井上宗雄訳　講談社　一九七九年
「沙石集」　小島孝之訳　小学館　二〇〇一年
「北条重時」　森幸夫　吉川弘文館　二〇〇九年
「北条氏人物録」　山川出版社
「後鳥羽院のすべて」　鈴木彰・樋口州男編　新人物往来社　二〇〇九年
「『鎌倉』の時代」　福田豊彦・関幸彦　山川出版社　二〇一五年

「鎌倉幕府—日本の歴史7」　石井進　中公文庫
「京・鎌倉の王権—日本の時代史8」　五味文彦　吉川弘文館　二〇〇三年
「源平の内乱と公武政権—日本中世の歴史3」　川合康　吉川弘文館　二〇〇九年
「鎌倉幕府滅亡と北条氏一族—敗者の日本史7」秋山哲雄　吉川弘文館　二〇一三年
「知るほど楽しい鎌倉時代」　多賀譲治　理工図書　二〇一一年
「中世の武家と農民」　北山茂夫　筑摩書房　一九九八年
「中世社会の成り立ち」　木村茂光　吉川弘文館　二〇〇九年
「土地所有史—新体系日本史3」　渡辺尚志・五味文彦　山川出版社
「日本食生活史」　渡辺実　吉川弘文館　一九八二年
「気候で読み解く日本の歴史—異常気象との攻防一四〇〇年」　日本経済新聞社　二〇一三年
「日本と世界の歴史10巻」　学研
「日本史広辞典」　山川出版社　一九九七年
「炎環」　永井路子　中央公論社　一九九五年
「悪人列伝二」　海音寺潮五郎　文春文庫
「覇者の条件『北条泰時』」　海音寺潮五郎　文春文庫
「鎌倉史跡見学」　沢寿郎　岩波ジュニア新書　一九七九年
「別冊太陽」
「街道をゆく—三浦半島記」　司馬遼太郎　朝日新聞出版

あとがき

今回は北条泰時を題材にした。

彼には三代目執権として鎌倉幕府の組織を盤石にした功績があり、歴史書でも大きく取り上げられている人物なのだが、評伝も含めて彼を中心とした伝記を著した作品は、上横手雅敬氏のもの以外にあまり見ない。

この現象に私は「謎」が感じられた。北条泰時はその時代の社会全体のリーダーである。最初、いろいろなエピソードがあふれているだろうと思われたが、調べてみると、読む者を奮い立たせるような激しいものはなかった。

だから伝記が少ないのかと落胆もしたが、一つだけ当時の英雄たちと違うことを発見した。それは「母が誰か不明である」ことだ。これが一般庶民の場合なら理解できる。だが、北条家ほどの御曹子の出生が謎である理由は何なのか。父の北条義時についていては、のち執権となったが、泰時出生時はまだ何の役職にも就いていていなかった。また、仮に執権だったとしても当時の執権は将軍を助ける補佐役にすぎなかった。

このあたりに、もしかしたら創作の意義が見つけられるかもしれないと思った。

北条泰時の偉大な事績は、人生の後半「御成敗式目」を代表とする「道理」という、生き方の価値基準を作ったことで昔から有名だが、片や鎌倉の都市機能の開発、京都と鎌倉を結ぶ交通網の整備、宋との直接貿易実施など経済的な面での評価も高い。

さて、どこから書き出そう……か。彼の若かりし頃のエピソードはどうなっているのか、資料はほとんどない。創作に頼るしかないか。いや、主人公はあまりにも有名な人物なので、でき得る限り歴史を無視したくない。

このように、七転八倒しながら取り組んできたのだが、当時の人々や時代の一端を少しでも伝えようと努めてきたのが本作である。終わりまで読んでいただけた方々に感謝したい。

最後に蛇足だが、北条泰時のような、稀有な素質を持った政治家が、これからの世に出てくることを願っている。

大湊　文夫（おおみなと　ふみお）
一九五一年生まれ。
中央大学経済学部卒業。
埼玉県内で教職に就く。
著書
「ＭＯＮＴＡ（聞多）」（文芸社）
「快慶―運慶を超えた男」（郁朋社）

北条泰時《ほうじょうやすとき》　頼朝の理想を実現した男

平成三十年十二月十三日　第一刷発行

著　者　大湊《おおみなと》　文夫《ふみお》
発行者　佐藤　聡
発行所　株式会社　郁《いく》朋《ほう》社《しゃ》
東京都千代田区神田三崎町二―二〇―四
郵便番号　一〇一―〇〇六一
電　話　〇三（三二三四）八九二三（代表）
ＦＡＸ　〇三（三二三四）三九四八
振　替　〇〇一六〇―五―一〇〇三二八
印　刷
製　本　壮光舎印刷株式会社

郁朋社ホームページアドレス　http://www.ikuhousha.com
この本に関するご意見・ご感想をメールでお寄せいただく際は、
comment@ikuhousha.com までお願い致します。

ISBN978-4-87302-687-9　C0093